Tha Alistair a' fuireach ann an Eilean Arainn far a bheil e ag obair na ghàirnealair. 'S e an ùidh a bh' aige ann an dualchas Eilein Arainn a thug air Gàidhlig ionnsachadh. Tha an sgrìobhadh aige air nochdadh seachd tursan air geàrr-liostaichean nan Duaisean Litreachais Gàidhlig. Choisinn e Duais nan Sgrìobhadairean Ùra ann an 2018, agus ann an 2020 bhuannaich an cruinneachadh de sgeulachdan goirid aige *Linne Dhomhainn* (foillsichte 2021) Duais Làmh-sgrìobhainn as Fheàrr do dh'Inbhich. Tha an obair aige air nochdadh ann am *Poblachd Nam Bàrd, Dàna*, *Tuath*, *Northwords Now*, *Steall*, *New Writing Scotland* agus *Scotland's Stories*.

Iomall

ALISTAIR PAUL

Luath Press Limited
DÙN ÈIDEANN

A' chiad chlò 2025

ISBN: 978-1-80425-172-0

Chuidich Comhairle nan Leabhraichean am foillsichear le cosgaisean an leabhair seo.

Chaidh am pàipear a tha air a chleachdadh anns an leabhar seo a dhèanamh ann an dòighean coibhneil dhan àrainneachd, a-mach à coilltean ath-nuadhachail.

FSC
www.fsc.org
FSC® C023367
The mark of responsible forestry

Air a chlò-bhualadh 's air a cheangal le Robertson Printer, Baile Fharfair.

Air a chur ann an clò Sabon 11 le Main Point Books, Dùn Èideann.

Clàr-innse

Pròiseact Eden

Buidheann ealanta a bh' annainn. Chan fhaiceadh tu na b' fheàrr san roinn Mhòrrìgain. Foirfe. Sin am facal. Bha sinn mar inneal fìnealta, gach fear is tè againn nar roth-fiaclach a' ruith gu rèidh ann an co-sheirm leis an fheadhainn mu thimcheall oirnn. Cha mhòr nach canadh tu gun leughamaid smuaintean càch a chèile gun fheum againn air facail. Cha chreid mi nach e sin an rud a thug oirnn a bhith cho soirbheachail is sinn a' siubhal gu ceàrnaidhean far nach bu dùraig do shoitheachan eile a dhol.

Beò air seanchas nan làithean a dh'fhalbh is air a' phailteas chungaidhean a gheibhte sna h-ionadan sin bho gach ceàrnaidh den chruinne-cè. Chìte a samhail an iomadh praban air feadh baile Ghoirias: ullamh, claoidhte ro mheadhan aois, dòrainnean na seann bheatha aca air na sguabairean-speura sgrìobhte sna preasan an clàr an aodainn, is lasair a' chaoich a' sìor losgadh air cùl dubh an sùilean. B' eòlach an aigne air cus is cha rachadh ìomhaighean a h-uile annas is iongantas a chunnaic iad a smàladh gus an ithte iad gu h-iomlan bhon taobh a-staigh. Bha an àireamh air fàs cho mòr 's gun robh iad mar phlàigh san àite, a' frithealadh nam bothanan is nan sibeinean a bha rin lorg air gach cùl-shràid ann an ìoslaichean is aitreabhan trèigte. Fhad 's a bha an tè ri taobh Àdhaimh a' cur às a corp mu na seann làithean bha a h-aire dian-ghlacte ris a' ghlainne leathach-làn stuth uaine air a beulaibh, comharran grìseach a liopan air a h-oir a' lìonsgaradh solas doilleir a' bhàir, mar gun robh na h-annasan air an robh i a-mach air an glacadh na broinn. Cha b' fhada gus am biodh i cho sgiolta ris an fheadhainn a bha nan sìneadh sa chùl a' brunndail riutha fhèin, smaoinich Àdhamh.

Tlachdmhor 's ged a bhiodh e fantail tamall ag èisteachd ris na seann sgeulachdan bhon àm ud nuair a bha Mòrrìgan na dìthreabh fhiadhaich is soitheachan nan diofar roinnean a' triall troimhpe air an ceann fhèin an tòir air spùinn is euchd, bha fhios aige gum b' fheàirrde dha falbh. Bha an soitheach aig Àdhamh fhèin gus falbh an ath mhadainn, is tòrr uallaich gu bhith air a ghuailnean aig àm a dealachaidh bhon chruinne ropach chloiche seo. Cha robh e air fiaradh a-steach dhan bhothan ach airson tè bheag aithghearr a ghabhail gus inntinn a shocrachadh mus rachadh e a laighe. Cho luath 's a rinn e suidhe aig cunntair a' bhàir ghabh e aithreachas gun robh e air cas a chur a-steach gu àrainn mhì-chàilear na fròige dùmhaile seo. Chuir e crìoch air an deoch aige is thionndaidh e gus falbh.

Bha siud gus an do dh'fhalbh sinn a dh'ionnsaigh Mhuirias.

Ghabh am boireannach slug às a' ghlainne aice is thug i plathadh air fiaradh air an duine ri taobh. Bha i air dubhan a chaitheimh a-steach gu caislichean na cuimhne aig Àdhamh is air faileas a tharraing a-mach. Bha a bheadachd air a thogail a-nise. *Muirias*. Bha àm ann a bha am facal sin am beul na Roinne. Planaid, ma b' fhìor an sgeul, a bha a' laighe am badagan san t-sìorrachd, fada a-muigh, falaichte san roinn dhorcha *Fionnais*. Bu bheag an àireamh a chaidh a-steach don roinn sin. Cha chualar riamh guth air duine a thàinig às beò. Cha b' ionnan planaid *Mhuirias*, a rèir nam fathannan, is na cnapan loma cloiche air am b' fheudar do mhac an duine tighinn beò on a dh'fhàg e a sheann àrainn dualach air a chùl. Mar a bu mhotha a bha na fathannan mun eilean sin san dorchadas gan sgaoileadh b' ann a bu mhotha a dh'fhàs ìomhaigh sa mhac-meanma gus an robh an t-àite na fhlathas glan. On uair sin, gun fianais dhearbhte gun robh duine air an t-àite a lorg riamh, 's fhada bhon a bha na fathannan air seargadh. B' ainneamh a chluinnte sgeul air a-nis. Ach ged nach bruidhinnte tuilleadh mu dheidhinn is cinnteach gun robh a' mhòr-chuid, mar Àdhamh fhèin gu dearbh, a' giùlan ìomhaigh an cùl an cinn dhen chruinne-cè sin a bha a' laighe a-muigh an siud is a cho-fhreagradh air ìomhaigh na Talmhainn mar a chaidh a toirt gu sluagh na Roinne le seanchas an sinnsearachd.

Thill Àdhamh dhan bhàr. 'Gabhaidh mi dà uisge-bheatha,' dh'èigh e air an fhear-frithealaidh. Bha taobh aige riamh leis na seann drogaichean. Shìn a chompanach a làmh thuige is chàraich i air cùl a dhùirn i, is am fear-frithealaidh a' càradh an neactair bhuidhe air am beulaibh. Dh'fhairich Àdhamh an cruth àraid sin na corragan a thig air craiceann na feadhainn a tha air cus ùine a chur seachad a' siubhal an iomaill. Sgrabach, ach aig an aon àm caoin, mar chraiceann dèirce. Nochd sgàinidhean na bus nuair a rinn i braoisg ris. Loisg a sùilean a-steach air.

Chan e 's gu bheil mi airson cur sìos air do chuid fialaidheachd a laochain ach b' fheàrr leam fhèin Manda na am mùin-drago seo.

Manda! Bha i bras an tè ud! Bu bheag an t-iongnadh gun robh an droga sin a' cosg na h-uiread is e a' tighinn bho thaobh thall an domhain ach b' fheàrr leis gun a chunntas a lomadh a chum breislich beadaige ris nach do thachair e riamh roimhe, mus fhaigheadh e air an t-àite dìblidh seo fhàgail. Bu chòir dha diùltadh ach bha am fear-frithealaidh air falbh na thòir mar-thà. Am priobadh na sùla bha e air ais is crogan trìd-shoilleir na làimh. Dh'fhuasgail e a cheann is, le greimiche a thug e bho chùl a bhàir, rùraich e na bhroinn gus do shaoraich e an daolag a bha a' tàmh ann bhon duilleach san robh i a' gabhail fasgadh. Chroch e an uair sin an daolag os cionn glainne a' bhoireannaich gus an do nochd a' bhoinneag bhìtheanta air cùl a' bhuilg is, às dèidh tamall, a thuit an nimh sin a-steach dhan ghlainne. Chroch e an uair sin an daolag os cionn na glainne aig Àdhamh. Ghnog esan a cheann ga dhiùltadh.

Choimhead e an comhair an fhir-fhrithealaidh is e an dùil gun togadh e an t-inneal leughadh-reitine a bha na laighe aig cùl a' chunntair gus pàigheadh a dhearbhadh. 'Cus foille a' dol san àite an-dràsta,' bhrunnd esan ri Àdhamh. 'Cus reitinean-fuadain ma sgaoil. 'S e leughadh DNA an aon dòigh phàighidh ris an gabh mi son suim mar seo.' Le fios gum b' fheàirrde e gèilleadh 's e ann an àrainn a dh'fhaodadh a bhith bagarrach, ghabh Adhamh a' mheanbh-phacaid a shìn fear a' bhàir thuige is leis an t-snàthad na bhroinn bhriog e ceann a chorraige. Leig e le boinneag fala tuiteam air an inneal a shìn am fear an uair sin thuige.

'Failte don ionad iriosal agam a chustamair urramaichte.' Bha faobhar magach air faclan an fhir-fhrithealaidh. 'Tha oidhche fhada a' sìneadh romhainn. Gabhaibh air ur socair a…' Thog e an t-inneal is leugh e bhon sgrìon. 'A chaiptein Àdhamh Nuada. Caiptean gu dearbh, an e? 'S sinne a tha moiteil ur leithid a bhith nar làthair.'

Thog a chompanach a glainne is ghabh i slug aiste.

Mise Eubha. Math coinneachadh riut a chaiptein.

Gu h-obann ghairistinnich am boireannach 's i ga tilgeil fhèin air ais air an stòl aice an comhair a cùil is buaidh an droga a' ruighinn a h-eanchainn. Chlisg Àdhamh is fhuair e gun robh an làmh aige ga sìneadh, ge b' oil leis, air a cùl gus stad a chur oirre. Mus deach i thairis ge-tà dh'ath-chothromaich a stòl ga sadail air ais air clàr a' chunntair. Thàinig a bois sìos air le brag. Thog i a sùilean gu Àdhamh. Bha an aon lasair a' losgadh annta ach le dèine nach robh innte roimhe. Nuair a theann i as ùr ri a cuid seanchais cha mhòr nach fhaiceadh Àdhamh na h-ìomhaighean air an robh i a-mach a' dannsadh fa chomhair an sin, air cùl a sùilean geasach.

Cha robh Àdhamh fhèin a-riamh air fheuchainn air Manda, is cliù cho dona air an droga, ach bha aon rud a b' fhiosraich dha mu dheidhinn agus b' e sin gun toireadh e soilleireachadh aigne a bha àraid don fheadhainn a thigeadh fo bhuaidh. Nan robh tomhas de dh'fhìrinn idir ann am faclan na mnà bu chòir gum biodh seanchas aice a b' fhiach èisteachd ris. Bha e air pàigheadh daor air a shon. Dh'fhanadh e is dh'èisteadh e.

***

Chan iongnadh e gum biodh sinn cho foirfe mar sgioba. Bu sinne an fheadhainn thaghta, mar gun canadh tu. Cha b' ann air co-thuiteamas idir a chaidh ar toirt còmhla. Aon a-mach às gach mìle a bh' ann an gach fear is tè dhinn. Deich mìle. Millean. Ach cha b' e sin a-mhàin, ach gun robh na feartan-pearsa againn a' freagairt air a chèile cho math is gun obraicheadh sinn còmhla mar inneal gleusta. Gun sgeul air còmhstrì no eas-aonta. Ma bha sin gu bhith cudromach dhuinn air an t-slighe a-mach bha e gu bhith deatamach dhuinn nuair a ruigeamaid ar ceann-uidhe.

Bhuail i a basan air a beulaibh.

Agus cò an caiptean a bh' air na seòid sin? Cò ach mise, a cho-chaiptein. Na bi a' toirt ort fhèin a chreidsinn gur tus' an aon fhear san fhail rapaich seo a bha thall 's a chunnaic.

Thug i seann cheap-caiptein robach às a pòcaid is chàraich i sin air a ceann gu sgeilmeil.

Seall ortsa a chaiptein, cho stuama, rèidh 's a tha do

leithid. Dreach seòladair Caidreachais an lath' an-diugh, cha chreid mi. Chan ionnan do leithid is na seann sheòladairean a thriall na speuran neo-aithnichte nam òige an tòir air bathair a b' fhiach is, mura robh sin ri fhaotainn, air spùinn. Bha saoibhreas is euchd rim faighinn don fheadhainn dhàna an uair sin. Ach b' e sin an trioblaid nach b' e? Nach e sin a dh'fhàg ar roinn cho mì-rianail? Beagan foille an siud 's an seo. Sin mar a thòisich e. Cò thogadh an aire nan cuireadh criutha beagan leis a' bhathair aca nach deach a chlàradh? Cha b' fhada bho sin gus an robh iad uile ag obair air an ceann fhèin is a' strì ri càch a' chèile.

'Agus cho luath 's a fhuairear lorg air stuthan narcotaic san roinn, sin far an deach an ceòl air feadh na fìdhle,' chuir Àdhamh ris. 'Mise aig am bu chòir fios a bhith air sin 's mi air còig bliadhna de mo bheatha a chaitheamh air na soitheachan-freiceadain ag ath-stèidhicheadh rian.'

Thog a chompanach a glainne.

Sin e dìreach. Do shlàinte.

Ghabh i slug eile.

Cùis-thàmailt a bh' ann nach e? Nuair a smaoinicheas tu air na h-àrd amasan a bh' againn san àm a chuir sinn romhainn an roinn seo a thuineachadh bho thùs. Mar a bhiodh gach roinn ag obrachadh còmhla a chum maith gach uile dream. 'S dòcha gum biodh cùisean diofraichte nan robhar air a bhith a' sùileachadh an seòrsa pailteis a fhuaireadh an seo, ged is beag a tha air fhàgail dheth an-diugh. 'S dòcha nach biodh Co-thional Caidreachas na Cruinne air òrdanachadh gum biodh e an urra ri rud cho mì-earbsach ri deagh ghean mhic an duine rian a chumail. Bha an Cùmhnant Tuinichidh againn gu dearbh, ach gun riaghailtean teann air a chùl is feachd san àite gus a dhaingneachadh cha b' urrainn ach do dh'fhàilleadh a bhith san amharc dhuinn. Far a bheil pailteas thig sannt am bàrr.

Bhris othail bho chùl a' bhàir a-steach air an t-seanchas is dh'fhalbh fear a' bhàir gus an dithis a bha ri còmhrag a shadail a-mach. Bha a' mhì-fhoighidinn aig Àdhamh ag at is e a' faighneachd dheth fhèin am b' fhiach e fuireach na b' fhaide no an e oidhche de ranntachd gun stàth a bhiodh roimhe.

'Chan e leasan eachdraidh a tha dhìth orm,' thuirt e ris a' bhoireannach gun a chuid an-fhurais a chleith. 'Feuch an gabh thu mu chùl do chruidh. 'S e seanchas mu Mhuirias a gheall thu dhomh.'

Foighidinn, foighidinn. Ma tha leasan idir ann a dh'ionnsaich mi rè nan iomadh bliadhna a chuir mi seachad a' triall nan speur 's e sin an luach a th' ann am foighidinn. Leasan a th' agad ri ionnsachadh fhathast a rèir coltais. Chan eil brìgh aig sgeul gun bhonn. Tha oidhche fhada na sìneadh romhainn. Gabh air do shocair is èist.

'S e cnag na cùis, nach e, nach togar aitreabh a tha seasmhach air bun-stèidh a tha cho cugallach ri gnè mac an duine. Cha togar sòisealtas foirfe air clachan a tha lobhte. Sin an co-dhùnadh dhan tàinig an caidreachas nuair a chuir iad romhpa Roinn Fhionnais a thuineachadh. Cha dèanadh iad na h-aon mhearachdan. Agus sin tùs ar sgeòil. Mise agus mo sgioba. An fheadhainn thaghta.

An toiseach bha Àdhamh am beachd gur e doilleireachd an àite no buaidh an uisge-bheatha a bu choireach, ach mar a bha an oidhche a' dol air adhart dh'fhàs e cinnteach às: bha rudeigin a' tachairt do choltas a chompanaich. Bha dath a' drùidheadh a-steach air a tuar a bha roimhe cho lachdann, is bha an lìonsgaradh phreasan a' leaghadh a-steach dhan chraiceann umpa, an ruinnleachadh na falt a' dol mìn. Mar gun robh i a' fàs na b' òige fa chomhair.

Chan fhaigheadh tu nar measg uireasbhaidhean an duine àbhaistich. Bu sinne am bun-stèidh seasmhach air an togte sòisealtas coileanta. Tuigidh tu mar a dh'fheumte iomairt dhen leithid a chumail dìomhair.

Ghabh i slug eile is thug i tamall a' dùr-spleuchdadh roimhpe, a' tarraing nan ìomhaighean a-mach às an dorchadas.

Chan fhaicear a leithid sa chruinne-cè. Planaid air nach togar bàrr a bh' ann am Muirias nuair a ràinig sinn mu dheireadh thall i. Bòidhchead nach gabh cur an cèill. Cuantan farsaing, coilltean gun crìoch, beanntan, aibhnichean farsaing, planntrais dhen a h-uile dath is cumadh. An t-adhar os ar cionn, mar dhealbh a' sìor mhùthadh, na sgothan a' sìor thàrmachadh is a' sìoladh, a' sìor ath-chruthachadh na tìr fodhpa lem faileasan luaineach. Agus mar a dh'èireadh a' ghrian gach uile madainn is a dhùisgeadh an tìr fo lainnir a caora. Grian cheart tha mi a' ciallachadh, cha b' i an seòrsa grian fhuadain a dh'iadhas na càthar-phlanaidean deamhnaidh seo, a lèireas tu le solas cruaidh bho mhoch gu dubh. Grian fhialaidh a bh' ann an grian Mhuirias a bhogadh tu na blàths mèath. Am pailteas a thabhainn a' phlanaid oirnn. Cha robh dìth againn. Cha bhiodh sgeul againn tuilleadh air saothair no èiginn. B' e an aon dleastanas a thigeadh oirnn ar beatha a mhealadh.

Dè dh'fhaodadh a dhol ceàrr?

Thàinig gàire bheag shearbh aiste.

Innsidh mu dhut dè chaidh ceàrr.

Rùraich i na pòcaid is thug i mach oibseact, meud dùirn, a chàraich i air a' chunntair air a beulaibh. Thug e beagan ùine do dh'Àdhamh aithneachadh dè a bh' ann. Bha coltas grànnda, àrsaidh air an rud, le preasan domhain a' sgàineadh a sgrath thiormaichte a bha mar chraiceann chairbh air dath leathair caithte. Thug e an aire an uair sin don stocan an ceann a' chnaip a dh'inns dha gur e meas a bh' ann, no co-dhiù a b' àbhaist a bhith ann mus deach e a dholaidh.

Duainidh, tha fhios agam. Ach nuair a fhuair mi lorg air a leithid son a' chiad uair, creid e no nach creid, b' e annas-làimh nàdair a bh' ann is e air ùr-abachadh air geug a thàlaidh mi thuige le bhòidhchead. Nuair a thug mi bìd às sguab àgh tromham nach b' aithne dhomh roimhe le a bhlas milis cùbhraidh. Cuiridh mi a' choire orm fhèin airson mar a thachair an uair sin. Mise an dearbh òinseach a thabhainn air càch e. Leth mar leth. Sin am prionnsabal a laigh aig cridh ar co-chomainn. Co-ionnanachd is co-phàirteachadh. Gu h-ealamh a fhuair mi a-mach nach eil pailteas na phailteas gu leòr ge-tà.

Cha b' fhada gus nach gabhadh sinn sàsachadh leis a' chuibhreann againn fhèin. Cha robh dad ann nach dèanadh sin gus sinn fhèin a riarachadh. Cha toireadh fiù 's planaid cho fialaidh sin dhuinn an sàsachadh a dh'iarr sinn an uair sin.

Thàinig fiamh bàn air aogas na mnà. Bha am meas seargte ag udal gu frionasach eadar a corragan 's e a gliongadh gu socair air a' chunntair.

Tha mise is am meas sin air seargadh mar aon.

Fàgaidh mi aig a sin e. Cha bu mhath leam innse dhut mar a thachair bho seo a-mach. Cha bu mhath leat èisteachd ris. Mar a chì thu b' e mo dhàn-sa a bhith air mo shadail air ais air an t-sitig seo. Cho luath 's a fhuair an Caidreachas fios mu mar a thachair chaidh ar tarraing às, an fheadhainn a bha air fhàgail.

'S neònach e mar a leaghas na mionaidean is na h-uairean am measg a chèile an uairean beaga na maidne, mar gu bheil tìm a' tighinn fo bhuaidh riaghailtean eile cho luath 's a sheirmeas an cloc meadhan-oidhche. Cha tug Àdhamh an aire don uair gus an do dh'fhiar solas suail a' ghineadair-fiùisein aig Goirias, 's e na reul-chuairt fada os an cionn, tron uinneig spìocaich aig ceann a' bhàir. Dh'fhan e greis fo sheun aig an lainnir a sguab gu màirnealach thar a' chunntair gus an do bhàth i am boireannach ri thaobh na solas. Air a bheulaibh bha òg-bhean mhaiseach na suidhe gu dìreach is i a' dealradh an sin mar gun robh an solas a' tighinn bhon taobh a-staigh. Shoillsicheadh a dualan mìne bàna mu ceann mar riomball.

Thog i am meas a dh'at na làimh gus an robh e meith is an sgrath aige cho mìn ri craiceann naoidhein a luisnich gu h-ioma-dhathach na bois.

Tha mo bheatha sa cheàrn thrèigte seo gun stà. Chan fhuiling an duine a fhuair plathadh air nèamh beatha an ifrinn.

Shìn i am meas gu Àdhamh.

Dhutsa a tha seo.

***

Nuair a dhùisg e ri taobh an ath mhadainn cha chanadh Àdhamh nach robh e sgìth is e gun ach norrag cadail fhaighinn feadh na h-oidhche. Ach bha sìnteag na chois is aigne air gleus le rùn fa-near dha nuair a thog e an soitheach aige air is e làmh an làmh ri Eubha, an dithis aca a' mireadh tro threalaich is spruileach a' bhaile shalaich mar dà dheugaire faoin. Sheas an sin, fan comhair, an soitheach na charragh criostail ag èirigh gu h-àrd os cionn caglachan nan toglaichean glasa. Chaidh an tarraing a-steach innte gu far an robh an criutha a' feitheamh orra san t-seòmar-stiùiridh. An sin thug iad ceum suas air an ùrlar thogte far an robh an t-uidheam-smachd, is iad cho lom rùisgte 's a bha an latha a rugadh iad. Thionndaidh iad mar aon a chur aghaidh air a' chriutha fodhpa.

Bhruidhinn Àdhamh an toiseach na ghuth ùghdarrasail: 'Tha ar ceann-uidhe air atharrachadh, a cho-sheòladairean.'

Chuir Eubha ris:

Canamaid Pròiseact Eden ri ar misean ùr.

Liathas-Slaim

DH'ÈIRICH CEANNARD NAN dùbhlanach, Fabian Morris, gu mall. Chàraich e a rùdain air a' bhòrd air a bheulaibh. Thug e sùil gu h-àrd mar gun robh e a' brosnachadh nam facal às na speuran. Dhìrich a ghàirdeanan is dh'at a bhroilleach. Spleuchd e gu daingeann air beingean an riaghaltais fa chomhar is leig e leis na faclan spreidheadh às a bheul.

'Cùis-mhaslaidh a th' ann. Chan eil dòigh eile ann a chur an cèill. Butrais: 's e sin an aon fhacal a lorgar a fhreagras air an t-suidheachadh thàmailteach san do dh'fhàgadh muinntir ar dùthcha ri linn dol a-mach an fhìor dhuine-uasail chùramaich air mo bheulaibh is a' phrasgain de bhumailearan a dh'èigheas riaghaltas orra fhèin.'

Bhris an othail ghnàthach a-mach uime mar gun deach sionnach a leigeil ma sgaoil ann am fail. Bha e fo làn sheòl a-nis. Cha ghabhadh stad a chur air. On a thòisich na fathannan air a dhol mu thimcheall o chionn latha no dhà gun robh coirbteachd an lùib na cùis a bharrachd air neo-chomasachd – gun d'fhuaireadh cuid sa riaghaltas is socan aca san amar – bha Fabian air a bhith mar chù-seilge an tòir air creach. Cha stadadh e gus an leigeadh e gu talamh a shealg.

Nuair a bha e, mu dheireadh thall, air crìoch a chur air a sheanchas thog e a rùdain, a bha a-nis air a dhol geal aig na h-altan, bhon bhòrd is dhìrich e e fhèin. Dh'fhan e greis an sin is dh'fheith e gus an robh an othail air socrachadh gu monmhar mus tug e caob mu dheireadh às a chreach.

'Chan eil roghainn aig an fhìor dhuine-uasal chùramach ach gun leig e seachad a dhreuchd.' Thionndaidh e ris an treud aige bhon do dh'èirich iolach mus do thuit e air ais don bheinge is plìonas air aodann.

Dh'èirich am prìomhair, Anton Jackson, na sheasamh. Chàraich e a rùdain air a' bhòrd air a bheulaibh. Dhìrich a ghàirdeanan is dh'at a bhroilleach. Bha aodann nas ruaidhe fiù 's na 'n àbhaist, fhalt nas mì-sgiobalta. Theann e ri a chorragan a ruith tro fhalt, rud a dhèanadh e nuair a bhiodh e fo uallach. Rinn e casad.

'Mar a tha làn fhios aig an fhìor dhuine-uasal chùramach, mas e butrais a th' ann an seo, mar a chuir e fhèin an cèill e, 's e butrais a fhuair sinn mar dìleab bhon riaghaltas aig a' phàrtaidh aige fhèin; butrais a tha sinn fhèin air a bhith a' saothrachadh gu dìcheallach fad dà bhliadhna a-nis gus a cur ceart.'

Eu-coltach ri faclan àbharsair cha robh cinnt sna faclan teabadach aig a' phrìomhair. Cha robh mòran dealasachd no dìlseachd ri cluinntinn sa ghlaodhadh a dh'èirich bho chùl nas motha. Chùm e air a' bruidhinn, fad mionaid, fad còig mionaidean, fad deich mionaidean gun abhsadh a leigeadh leis an luchd-èisteachd cus cnuasachaidh a dhèanamh air brìgh nam faclan, oir bha e mothachail, a dh'aindeoin leòmachd a chuid briathrachais, nach robh mòran brìgh ri lorg na rannghal. Nuair a bha e cinnteach gun robh e air bruidhinn a cheart cho fada ris an fhear ma choinneamh thàinig e gu cnag na cùise.

'Tha an Seanadh Comhairleachaidh a' coimhead ris a' cheist. Cho luath 's a bhios toradh na h-obrach aca deiseil cuiridh mi mu choinneamh an t-seòmair e.'

Cho luath 's a bha an seisean deiseil shiolp e a-mach às an t-seòmar. A-muigh san trannsa chùm e ris na faileasan, a' seachnadh nan snaidhmean de luchd-naidheachd a' bha a' riasladh san lobaidh mar phaca haidhèanathan. Gun sùil a thoirt dhan fho-mhinistear a bha a' dèanamh air le cnap mòr phàipearan na h-uchd gheàrr e a-mach tron doras-cùil le cabhag na cheum. Spìon e fosgailte doras a' chàir a bha a' feitheamh air an sin is thuit e a-steach ann.

'Feasgar math sir,' thuirt an draibhear ris na ghuth stòlda.

Rinn Anton Jackson gnòsad. 'Cha chreid mi nach toir mi sgrìob dhan t-Seanadh a-nochd fhathast.'

'Glè mhath a Mhaighstir Jackson,' fhreagair an draibhear, 'cuiridh mi cùisean air dòigh dhuibh.'

Lìbhrig an càr am prìomhair gu àireamh a deich far an tug e roid a-steach dhan tèarmann. Chroch e a sheacaid air a' chrochadair ro-mhòr fo amharc sreath de sheann phrìomhairean a bha a' coimhead sìos air bho fhrèamaichean òir. Bha a bhean air nochdadh eadar dà bheul doras an t-seòmair-shuidhe is am bèibidh aca na h-uchd.

'Latha math?' dh'fhaighnich i gu neo-aireil.

Gun fhreagairt a thoirt seachad chàraich am prìomhaire pòg chleabach air bathais a mhnà is e a' slìobadh falt a' bhèibidh aig an aon àm is suas an staidhir a ghabh e gus e fhèin a dheasachadh. Taobh a-staigh uair a thìde bha e air snàigeadh a-mach tron doras-cùil. Thug e sùil aithghearr, fhrionasach mu thimcheall air ach an robh duine sam bith a' tàthachadh nam faileasan, mus do lean e air suas an t-sràid. Mu leathach slighe gu ceann na sràide thàinig e air a' chàr-theaghlaich bhèis a chuireadh air dòigh dha; an seòrsa càir àbhaistich nach togadh amharas. Chrùb e a-steach ann is rùraich e fon bhrat-ùrlair fo chasan gus an do bhean a chorragan ris an iuchair. Gheàrr e a-mach às an àite-pàircidh cuingichte is mheath an car aige a-steach dhan t-sruth sholasan a bha a' priobadh tron smùid is sileadh. Lean e air dhan ear gu far an deach na h-oifisean is na bùthan mòra nam flataichean is nam bùthan beaga is an uair sin nam factaraidhean is nan taighean-bathair. An sin thionndaidh e a-steach gu roinn-gnìomha. Stiùir e an càr aige eadar slugan is làraidhean a bha a' laighe nan tàmh aig oir an rathaid mar bhiastan nan suain, sìos gu cùl na roinne. Dh'fhàg e an càr an sin is, le sheacaid togte mu cheann gus e fhèin a dhìon bhon uisge, rinn e air na siutairean-rolaidh aig cùl taigh-bhathair. Thug e a-mach a fòn. Fhuair e lorg air a' chontact fon ainm 'Sesame' is chuir e *call* thuige. Le sin dh'fhosgail na siutairean is chaidh a shlugadh a-steach gu brù uamhach an aitreibh. Le fuaim nan ceuman aige ag ath-ghairm mu na ballaichean meatailt uime rinn e air an lioft aig cùl an t-seòmair. Thug an lioft e gu dìreach a-nìos dhan mhullach. An sin bha rotaran an heileacoptair mar-tha a' cur charan, a' tilgeil uisge na aodann is e a' nochdadh às an lioft. Le tarraing air a ghàirdeanan bhon phaidhleat a-staigh ann bha am prìomhaire slaoidte air an t-suidheachan ri thaobh.

Shiubhail an heileacoptair tro mheadhan Shasainn thar grioglachan bhailtean sgapte, suas gu far an do theann na solais foidhe ri sìoladh às os cionn na crìche eadar Sasainn is Alba. Seachad air solasan crios gnìomhachail na h-Alba is suas gu dorchadas iomlan mòinteach na Gàidhealtachd. Ceithir thimcheall air dh'èirich faileasan beinne bhon fhàire sa bheagan solas gealaiche a gheibheadh tro na beàrnan eadar na sgòthan. Shiubhail iad tamall thar cuan dubh de mhòintich mus do bhruidhinn am paidhleat a-steach dhan labhrair aige.

'Iolaire a h-aon gu nead. Tha an t-eun a' teàrnadh.'

Le sin las cearcall de sholasan gu h-ìseal mar rionnagan air tuiteam gu talamh. Thàinig an heileacopter a-nuas ann am meadhan a' chearcaill. Shleamhnaich Anton Jackson gu neo-cheanalta a-mach às an heileacoptair gus an do bhean a chasan ris a' pholl bhog. Leis an heileacoptair a' dol na sholas priobach fann os a chionn chaidh e thairis air an rathad is choisich e suas an draibh garbh dhan taigh a bha a' laighe aig a cheann. B' e bungalow iriosal a bh' ann dhen ghnè a sgap tron Ghàidhealtachd is na h-eileanan mar bhroth sna 1970an is '80an. Chaidh e a-steach ann is, le sgrìob chlis thairis air an trannsa, bha e anns an t-seòmar-suidhe. Seachad air an t-sòfa mhealbhaid dhonn is thairis air a' bhrat dhearg thiugh a ghabh e, a dh'ionnsaigh an sideboard tìoca. Thog e am bhàsa grànnda, flùrach a bha na sheasamh air uachdar am measg an iomadh òrnaid eile. Bhrùth e air a' phutan bhuidhe foidhe. Thuit e na shlaod a-steach dhan t-sòfa. Thog e an leth-bhreac dhen Pheople's Friend a bha na laighe air a' bhòrd-chofaidh ri thaobh is theann e ri sporghail troimhe gun aire air na reasabaidhean is na pàtrain-fighe is na tòimhseachain a shnàmh fa chomhair a shùilean.

***

Fada, fada shìos sa bhuncair gu h-ìseal sheirm an srannair ann an seòmar beag Ceannard an t-Seanaidh Chomhairleachaidh, Mina Fisar. Sgàin na farbhailean aice beagan is tro sùilean prabach thug i a-steach an uair a lusnaich air a fòn aice. 03.12! Thilg i a casan far na leapa dhan làr mheatailt foidhpe is le bras-chrathadh dhe a ceann shad i an cadal bhuaipe fhèin. Chuir i uimpe is thilg i oirre còta na h-obair-lainn. A-mach dhan trannsa a ghabh i, seachad air seòmraichean a co-obraichean, is a-steach gu carbad beag siolandrach an lioft. Sheas Mina gu righinn le gàirdeannan dìreach ri taobh, mar pheilear ann am baraill gunna, fhad 's a shiubhail an lioft le sgoinn; suas tro mhìle meatair de ghneiss Leòdhasach; suas tro cheud meatair de chlach-ghainmhich Thoirbheartanach; suas tro dheich meatair de mhòine; gus an do ràinig e an t-uachdar. Dh'fhosgail doras an lioft is phut Mina fosgailte an doras fiodha air a beulaibh. Thàinig i a-mach às a' chùlaist a-steach dhan t-seòmar-shuidhe.

An sin fhuair i duine leth-shean na shlaod, na shuain chadal air an t-sòfa, iris fhosgailte na uchd, is e a' srann gu socair. Cha robh i air sealladh na b' aonranaiche fhaicinn riamh roimhe na beatha. Bhean i gu h-aotram air cùl an dùirn air an duine.

'Anton!' thuirt i.

Thàinig am prìomhair thuige le clisgeadh. 'OK, OK ma-thà. Thèid mise a bhiadhadh a' bhèibidh,' bhrunndail e. 'Duilich, latha fada bh' ann,' chuir e ris le casadaich ronnach. Shuidh e suas is choimhead e gu dùrachdach ri Mina.

'B' fheudar dhomh bruidhinn riut aghaidh ri aghaidh. Tha cùisean air a dhol cho fada 's nach urrainn dhomh earbsa a chur ann an duine sam bith eile.'

Thàinig an teachdaireachd aig a' phrìomhair na bhras-shruth an uair sin, na faclan a' tuiteam a-mach air muin a chèile. A dh'aindeoin gnogadh a cinn an-dràsta is a-rithist cha tug Mina mòran de na thuirt am prìobhair a-steach. Cha robh anns a' chuid a bu mhotha dheth ach brolais. Ach, bu bheag an diofar, bha i air a bhith a' cumail sùil air na naidheachdan cho math ri gach mac- is nighean-màthar eile. Bha i tuilleadh is eòlach air mar a bha cùisean. Bha beagan ùine air a dhol seachad on a thòisich i air na tancaichean a chur air dòigh gu h-ìosal. Cha robh ann a-nis ach cùisean a chur gu dol.

San dealachadh thuirt am prìomhair: 'Dèan cinnteach gur tu fhèin a lìbhrigeas am fios thugam. Chan eil mi airson 's gum faigh na Ruiseanaich grèim air. No na Sìonaich. No, nas miosa na sin, na meadhanan.'

Bhean Mina gu h-aotram air cùl an dùirn aig a' phrìomhair a-rithist.

'Na bi fo uallach,' thuirt i.

Thill i dhan lioft is chaidh a slugadh air ais a-steach dhan talamh. Air dhi am buncair a ruighinn thug i sgrìob gu dìreach a-steach dhan fhuar-lann. Cha bu chòir dàil a chur sa chùis. An sin air a' bhòrd air a beulaibh sheas an canastair siolandrach meatailt leis an liathas-slaim fhèin na bhroinn: lainnireach ann an solas geal an rùim bhig, mar dia beag ann an naomh-chiste. Thàinig an smaoin a-steach air Mina gum biodh e iomchaidh sleuchdadh roimhe mus cuireadh i am pròiseas an gnìomh, no co-dhiù gun robh deas-ghnàth a dhìth air gnothach a bhiodh cho brìgheil. Thog i an canastair is phaisg i na h-uchd e. Dh'fhairich i tron chochall stàilinn thana cumhachd na bithe a bha na bhroinn. Dh'fhairich i an dàimh eatarra. B' iomadh bliadhna a-nis a bha na beathannan aca air a bhith co-shìnte.

Leis a' chanastair fhathast gu teann an tac a h-uchd a' fuarachadh craiceann a broillich, cheumnaich i sìos an trannsa gu Talla an t-Seanaidh. Choimhead i a-steach dhan sganair-reitine is shlaighd na dorsan troma stàilinn fosgailte roimhpe, a' toirt am follais rùm ana-mhòr, uamhach. Na bhroinn dh'fheith oirre an lìonra de thancaichean mar bhiast thrìd-shoilleir is na gàirdeanan aice sìnte gach taobh dhith. Chrith solas an talla san t-slam bhìtheanta a bha a' lìonadh nan tancaichean, a' tilgeil fhaileasan fiamhlanach mu na ballaichean. Na *Tancaichean Faileis* a chante riutha oir bha iad air an càrachadh ann an dòigh 's gum biodh iad mar fhaileas don t-saoghal. Bha tancaichean ann a' riochdachadh nan diofar roinnean aig an riaghaltas is mar a bha iad a' strì an aghaidh a chèile gus an làmhan fhaighinn air a' mhaoineachadh a bha ri fhaotainn. Chaidh stuthan ceimigeach a chur a-steach gu na tancaichean an siud 's an seo gus beachd a' mhòr-shluaigh a riochdachadh, cuid a bha milist tarraingeach, cuid a bha puinnseanta. Bha ribeachan ann gus na meadhanan a riochdachadh. Chaidh bacaidhean a sgapadh tron lìonra thancaichean gus raigeann na seirbheise catharra a riochdachadh. Mu iomall an t-seòmair chaidh tancaichean nan cumhachdan cèin a cheangal a-steach, is iad armaichte le farsainneachd de dhiofar chungaidhean millteach.

Far an dèanadh luchd-poileataigs an slighe tron t-saoghal ann an dha-rìribh gu h-àrd, is iad air an stiùireadh le miann, sannt is claon-bheachd, dhèanadh an liathas-slaim a shlighe tro na tancaichean gu h-ìosal is e air a stiùireadh le rian a-mhàin.

Charaich Mina a-null gu far an robh an tanca-sìolachaidh suidhichte aig cùl na bèiste. Cheangail i an canastair ris a' chìochaig aig a bhonn. Bhrùth i air a' phutan is le fuaim slupraich chaidh an fhàs-bheatha a shlugadh a-steach ann.

Sna làithean a lean bha an sgioba beag aig Mina nam boil air feadh nam fàraidhean is nan ceuman meatailt a bha a' cuairteachadh nan tancaichean is iad a' biadhadh na fàs-bheatha nam broinn is a' dèanamh nan atharrachaidhean a bhiodh a dhìth gus freagairt air a' chruth a bha a' sìor chaochladh air am beulaibh. Às a sin shìneadh an-dràsta is a-rithist fileamaidean is maoth-shlatan teabadach. Far an robh an àrainneachd fàbharach dh'atadh cnapan bìtheanta. Far nach robh, sheargadh na gaisean is rachadh iad an dàrna taobh. Aig amannan thigeadh gairistinneachadh is pràbladh air an fhàs-bheatha a bheireadh cruth-atharrachadh air.

An ceann ceithir làithean bha an lìonra de dh'fhileamaidean na shìneadh tro na tancaichean air fad. Bha an cruth-beatha air sgur a dh'fhàs. Ann an solas fann an talla a bha a-nis air tàmhachadh na bhadan maotha mu na ballaichean dhìrich Mina suas air an fhàradh thana mheatailt a thug i gu ùrlar a bha crochte thar teas-meadhan nan tancaichean. Thug i seachad beagan ùine a' sgrùdadh a' phàtarain de dh'fhileamaidean foidhpe. Cha b' urrainn dhan teachdaireachd aca a bhith na bu shoilleire. Bha i dìreach gus an fhàradh a theàrnadh nuair a mhothaich i do phlosgartaich fann solais san oisinn aig fìor iomall nan tancaichean. Aig bonn an fhàraidh, chrùb is thoinn Mina a slighe tro na tancaichean gu far am faca i an cuisleachadh solais. Lean i am faileas plosgartach a bha ag èirigh bhon làr gus an d' ràinig i an dearbh tanca às an robh an solas a' tighinn. Bha an tanca sin air a lìonadh le meall tiugh dhen fhàs-bheatha 's i a' bocadh an aghaidh cliathaichean na tanca. Thug Mina sgrìob suas an fhàradh ri thaobh. Chrom i thar na rèile is le làmh shìnte thog i dòrnach dhen stuth foidhpe a shil gu ronnach bho a corragan. Dh'fhairicheadh i an cumhachd na bhroinn 's e a' plosgartaich mar chridhe na làimh. San tiotan sin dh'fhairich i mar gun robh e air drùdhadh a-steach innte, is iad mar aon.

Air ais san t-seòmar aice dh'fhosgail Mina an drathair fon deasg aice is bhrùth i air a' phutan a chuireadh na daoine aig deas nam faireachadh gun robh an obair aice gu bhith deiseil. An ceann uair a thìde bha i taobh a-staigh heileacoptar is i a' sgèith tron dorchadas, a' dèanamh an aon slighe 's a rinn am prìomhair o chionn beagan làithean an taobh eile. Suas thar druim na dùthcha gu deas, a sluagh a' sìor tiughachadh foidhpe; na milleanan de dh'aignean beaga a' cur charan ann am beart mhòr. Na milleanan de dh'aignean beaga a thigeadh fo bhuaidh na teachdaireachd na h-uchd.

* * *

A' tighinn tro dhoras-cùil taigh a' phrìomhaire fhuair Mina an duine fhèin 's e a' ceumnachadh gu frionasach mun trannsa.

''S mi tha toilichte d' fhaicinn a bhana-chlis, a' toirt do chuid solais thugainn bhon tuath,' ghròc an duine.

'Ri do làimh, a phùpaid,' thuirt i is fios aice nach toireadh an duine an aire don ìorantas air cùl a faclan. Chaidh an dithis a-steach gu studaidh aig ceann an trannsa is shuidh iad aig dà thaobh a' bhùird thomadaich an sin.

'Fuasgladh agaibh, tha mi an dùil?' Choimhead am prìomhaire suas air a chompanach le sùilean madadh fala a' coimhead suas ri a mhaighstir. 'Fhios agad, tha cùisean air teasachadh rud beag on a chuir sinn aghaidh air a chèile an turas mu dheireadh. Cunnart ann gum buail an cac sa ghaotharan.'

Thug Mina cèis a-mach às a pòcaid is, gun fhacal, chàraich i air beulaibh a' phrìomhair i. Thog am prìomhair sgian-litreach le cas ìbhri oirre bhon deasg aige is le aon ghluasad clis bha a' chèis fosgailte. Spìon e a-mach an litir na broinn is leugh e i.

'An e seo am fuasgladh againn; ann an dhà rìreabh?' thuirt e.

'An aon fhear a th' ann,' fhreagair Mina.

***

Dh'èirich am prìomhair na sheasamh; gu mall; gu daingeann. Chàraich e a rùdain air a' bhòrd air a bheulaibh. Dhìrich a ghàirdeanan is dh'at a bhroilleach. Thionndaidh e air na beingean fa chomhar is leig e leis na faclan sruthadh às a bheul.

'A mhnathan uasal cùramach, a dhaoine uasal cùramach an Taighe.' Uime bha torman dùrdail is fochaididh a' fàs.

'Tha sinn gu bhith a' cur aghaidh air linn dùbhlanach. 'S e suidheachadh a dh'fheumas breithneachadh stòlda, tùrail.

Tuigidh sibh gu bheil dleastanas orm an fhìrinn ghlan innse dhuibh agus 's duilich leam a ràdh gu bheil an fhìrinn dubhach. Thathar a' bagairt air ar tèarainteachd nàiseanta. Thathar a' bagairt air ar eaconamaidh. Tha obraichean an cunnart.' Dh'èirich a ghuth rud beag le gach facal gus an robh an duine a' geumnaich. 'Tha gach uile rud a tha air a mheas na rud coisrigte dhuinn mar dùthaich a tha aithnichte son a chuid sìobhaltais is chultair, gu bhith air a chur ann an cunnart.'

'A mhnathan uasal cùramach, a dhaoine uasal cùramach an Taighe, chan eil ach an aon roghainn agam.'

Dh'fheith am fìor dhuine-uasal cùramach, am prìomhair Anton Jackson, gus an robh an seòmar sàmhach, cho sàmhach 's gun cualas ball de na beingean-cùil a' srann 's e na chadal.

'A mhnathan uasal cùramach, a dhaoine uasal cùramach an Taighe. Bithear a' cur an Taigh seo à rèim. Gus an tèid cùisean a rèiteachadh thèid gnìomhachas an riaghaltais a ghabhail os làimh leis an ùghdarras as comasaiche air dèiligeadh ris an staing sa bheil sinn. Le sin tha mi a' ciallachadh: an Seanadh Comhairleachaidh.'

Mus robh cus cothroim aig na bha an làthair cnàmh air fhaclan shiab am prìomhair air falbh tron doras-cùil.

Anabiosis

AN E SEO sìorrachd no neoinitheachd? Ciamar a bhiodh fios agam, agus na smuaintean agam fhèin an aon fhianais a th' agam air bith? Smuaintean a dhùisgeas le drùidheadh taiseachd tro sgoltaidhean is clachan cruaidh. No blàths-grèine seachranach. Iom-tharraing planaid no dreag no reul san dol seachad. Rèididheachd. Dè cho fad 's a bheir e do dh'aon fhacal lom tighinn gu bith nam aigne? Diog, uair, latha, bliadhna, bliadhna-sholais? Gun feartan a bheir cruth dha chan eil ciall aig tìm. San àm a bheir e seantans a thoirt gu bith beirear is bàsaichidh domhain.

Tro chreag is talamh is magma a shìneas mi na smuaintean agam ach an tachair iad ri smuaintean chàich. Bha àm ann a bheanainn ri cuimhneachan suaile air allaban tron ailbh: am pian a dh'fhuiling balach beag nuair a thuit e far baidhseagal, mìlseachd ciad ghaol na rìbhinn òig, cùbhraidheachd latha Ògmhios, blas fìona air teanga. Ach an robh iad ann, ann an dhà rìreabh, no an e ath-ghairm nan cuimhneachan agam fhèin a dhùisg mi gus toirt orm fhèin creidsinn nach eil mi nam aonar? Na cuimhneachan sin a chumas mi fo ghlais. Cus pian an lùib a bhith gan ath-dhùsgadh, cha chreid mi. Cus a chaidh a chall. Mar a' ghrian tha iad cus ro gheal gus coimhead orra gu dìreach.

Sinne: an fheadhainn thaghta a ghiùlaineadh ar gnè gu àm ri teachd neo-dhearbhaichte, air ar suaineadh nar cùbhraig chloiche. Leis an fhìrinn 's fhada on a dh'fhairich mi an làithreachd aig càch is an spèird aca air a smàladh.

’S i guth na planaide fhèin an aon ghuth a chluinneas mi a-nis. Cluinnidh mi a pian ann an dìosgail a leacan is a sgoran. Ann an cràdh-ghal a toinneimh is a h-ataireachd cluinnidh mi caoineadh nan cuimhneachan aice fhèin. Cluinnidh mi a duan-bàis.

A-nis.

Sguiridh mi a smaoineachadh.

Seinnidh mi còmhla rithe.

Gaol Reòthte

CHA RACHADH AN dealachadh, fiù 's leis a' bhàs. Sin a' bhòid a thug esan is Malamhìn seachad dha càch a chèile. A-nis is gun robh an t-àm aig Àaron an taobh aige dhen bhòid a choileanadh, bha suail iomagain is teagaimh a' sguabadh troimhe. Thug e seachad tamall nach beag na sheasamh taobh a-muigh an ionaid is an t-uisge fuar air a ghiùlan air gaoth rag a' toirt ionnsaigh air mus do thionndaidh e a shùil ris an leughadair-reitine is a sguab an doras glainne fosgailte ga tharraing a-steach gu adhar fìorghlan blàth an àite. Air cùl sin dh'fhairich Àaron fàileadh fann searbh stuth ceimigeach air choireigin. Fa chomhair bha talla ana-mhòr, lom, geal. B' e an aon oibseact a bha a' cur smal air an luime deasg aig ceann eile an t-seòmair. Air cùl sin bha boireannach na suidhe. Thog i a ceann is thug i snodha-gàire dha.

Dh'fhairich Àaron tiotan mar bheathach air a ghlacadh sna crois-ghaosaidean. Fhuair e air fhèin a shocrachadh is rinn e air a' bhoireannach, le bragail a bhrògan air an làr chruaidh ag ath-sheirm bho na ballachan.

'Tha sinn air a bhith an dùil ribh a Mhaighstir Anastas,' thuirt am boireannach ris nuair a ràinig e an taobh a bha i. 'Tha Maighstir Siosafas a' feitheamh oirbh. Nach leig sibh leam ur còta fliuch a thoirt dhibh.' Thug i an còta far a ghuailnean. Phaisg i gu cùramach ann am poca plastaig e a chàraich i air muin an deasg. 'Cha bhi feum agaibh air sin tuilleadh.'

Dh'fhosgail am boireannach doras geal le priobadh sùla san leughadair-reitine anns a' bhalla gheal is fhuair Àaron e fhèin air iomain a-steach gu seòmar le ballaichean crò-dhearg blàth. Chuir e iongnadh air Àaron cho dachaigheil 's a bha an seòmar seo an coimeas ris an àrainn luimnich bhon tàinig e. Sna h-oisinnean bhòc lusan dosach mèith-dhuilleagach bho phoitean ioma-dhathach. Bha deasg ann le cruinneachadh beag de dhealbhan teaghlaich sgapte air gu neo-ealanta. Air sgeilp air a' bhalla ri thaobh bha cruinneachadh de sheann leabhraichean a' placadaich air muin a chèile. Air cùl an deasg bha Maighstir Siosafas fhèin na shuidhe; fear beag suilbhir le tuar ruiteach mailgheach is deise bhreacach, rud beag sheargte air. Dh'èirich e na sheasamh gu mireach, braoisg air aodann, is rinn e air Àaron le sìnteag. Chaidh làmh fhuar chnàmhach Àaroin a shlugadh le cròg blàth reamhair Mhaighstir Siosafas is a chrathadh gu dian.

'Math ur faicinn.' Bhrùchd na faclan a-mach tro liopan sultach an duine.

Bha duine eile na shuidhe aig ceann an deasg gu stòlda gun gluasad, is lèine-ciotaige dhonn na buidhne air; meanbh leac-clàraidh deiseil aige na làimh.

'Sin Maighstir Tiaron. Mar a bhios fios agaibh, bidh neach-fianais a dhìth oirnn,' mhìnich Maighstir Siosafas.

Rinn am fear gnogadh fann de cheann ri Àaron gun fiamh sam bith a' nochdadh air aodann.

'A bheil dad idir ann a gheibh mi dhuibh? Deoch? Greim bìdh? Rud sam bith a thogras sibh.'

Chrath Àaron a cheann. B' fhèarr leis cùisean a thoirt gu buil cho luath 's a b' urrainnear, gun tìde aige meòrachadh air na bha e ris.

'Glè mhath, ma-thà.' Chomharraich Mgr Siosafas sèithir dha Àaron is rinn e suidhe. Shuidh Àaron taobh thall an deasg san t-sèithir a chaidh a shònrachadh dha. Eatarra bha clàr-sgrìon na laighe air a' bhòrd.

'Tha...' Thug Mgr Siosafas suathadh clis air an sgrìon is leugh e an t-ainm a nochd an sin. 'Tha Liobationa Nic Bheanais a' feitheamh oirbh san t-seòmar-deasachaidh dìreach mar a dh'iarr sibh.' Bha e ceadaichte do na taistealaichean aon neach-dàimh no caraid a bhith aca aig àm an trasnaidh. B' e Liobationa, an caraid a b' fheàrr aig Malamhìn, a thagh e. Cò eile a thaghadh e. Bha an gnothach air a bhith cho cràidhteach don teaghlach aige nuair a dh'fhoillsich e dhaibh a rùn às dèidh mhìosan de rongaireachd; athair na shuidhe an sin cho stòlda, ann an oidhirp fhaoin an aiceid a bha cho follaiseach na shùilean a chleith; a mhàthair a bha air làmh a chàrachadh air cùl a ruighe. 'Mas e sin a dh'iarras tu 's còir dhut do thoil fhèin a leantainn,' bha i air a ràdh mus do theann na deòirean ri sileadh. Bha a phiuthar air teicheadh, is cha robh iad air bruidhinn ri chèile bhon uair sin. San dealachadh bha i air an rud a bha fa-near dhaibh uile èigheachd air ach nach rachadh aig duine sam bith eile air cur an cèill: 'Tha thu air a taghadh air thoiseach oirnne!' Cha chuireadh e air duine seach duine dhiubh a bhith an làthair nuair a thigeadh gu buil an tromlaighe a bu mhiosa aca, no gin de na caraidean aige fhèin mar an ceudna.

Leis cho tric 's a bha Liobationa air a bhith an cuideachd esan is Malamhìn, an triùir aca mar chuanal toirmeasgte, is i na cùl-taic dhaibh aig na h-amannan duilich, bha i a-nis na caraid dhasan cho mòr 's a bha i air a bhith do Mhalamhìn. Gun an taic aice cha rachadh aige air faighinn seachad air trasnadh a leannain. A bharrachd air seo b' e tè aighearach, thogarrach a bh' ann an Liobationa. B' aithne dha gun togadh i a mhisneachd aig an àm a bu mhotha a bhiodh feum aige air.

'Faigheamaid gnìomh an airgid às an rathad an toiseach ma-thà.' Le sguab-làimh eile aig Mgr Siosafas thairis air a' chlàr-sgrìon air a bheulaibh dhùisg an t-inneal às ùr a' toirt am follais co-measgachadh de theacsa, àireamhan, is bogsaichean. Dh'aithnich Àaron sa bhad gur e an cùmhnant ionmhasail a bh' ann a bha e air ruith thairis air na h-uiread de thursan roimhe leis fhèin. Rinn e sgroladh aithghearr troimhe, mas fhìor gun robh e a' dèanamh cinnteach gun robh a h-uile rud mar bu chòir, ged a bha inntinn cus ro throimhe-chèile gus dad a thoirt a-steach. Co-dhiù le aontachadh bhiodh e a' soighneadh air falbh cha mhòr a chuid shlàn dhen t-saoghal, is mar sin cha dèanadh e mòran diofar dha dè bha sgrìobhte ann. Cha bu bheag an t-saothair a thug e dha an t-suim a bhiodh a dhìth a chaomhnadh sna trì bliadhna bhon a thrasnaich Malaimhìn, 's e a' cumail diofar obraichean pàirt-ùine a' dol a bharrachd air obair làitheil. 'S iongantach na choileanas duine na èiginn. Na beagan sgillinnean a bha air fhàgail aige, bha e air an toirt do a phiuthar an oidhirp a chionta a thiomadh.

Dh'fhan an sgealbag aig Àaron air fleòd tamall os cionn an inneil mus do chàraich e air an leughadair meur-luirg i, a' toirt seachad aontachadh. Bhrùth a cho-làmhaiche a' chorrag air an aon làraich na dhèidh, a' toirt an aontachaidh eatarra gu buil. Bha Àaron a' sìor theàrnadh rathad gun dol às, ach bha e air ruith seachad air an dearbh mhòmaid seo na inntinn na h-uiread de thursan 's gun robh e a' dol tro na gluasadan gun smaoineachadh orra, mar inneal air a phrògramachadh ro làimh. Chrom Mgr Siosafas os cionn an sgrìon air an robh teachdaireachd ùr air nochdadh.

'Chì mi gu bheil cunntas tìde-dhìonach air a chur air dòigh agaibh le Banca na Co-mhaoine Buaine.'

Shioftaig Àaron gu h-an-fhoiseil na shèithir. Bha e air breug a thoirt seachad mu na cunntasan aige is pàipearan fuadain a chur air dòigh. Nan robh fios aig an fhonndas cho truagh 's a bha a chunntasan is e gun sgilling ruadh air fhàgail aige às dèidh cosgais an trasnaidh a chuireadh e mu choinneamh an ama ri teachd, cha bhiodh cead air a thoirt dha dol tron phròiseas sa chiad dol a-mach. Cha robh e gu bhith a' feitheamh gus an robh e a' sreap ri meadhan aois is a' mhaoin a bhiodh a dhìth air a chùl. Bu mhì-choltach e gun gabhadh ise aig a' cheann thall le fear leth-shean nach b' aithne dhi. An deach fhaighinn a-mach air?

Shuidh Mgr Siosafas air ais na shèithir ga sheatlaigeadh fhèin a-steach innte.

'Nis,' lean e air. 'Tha fhios gur e cuspair mì-chàilear as urrainn a bhith ann an airgead ach 's e cuspair, tha eagal orm, nach gabh seachnadh, gu h-àraidh aig amannan sònraichte nar beatha. 'S aithne dhomh gun deach na sgeamaichean maoinichidh againn fhèin a chur fa-near dhuibh. Ged nach do ghabh sibh riutha aig an àm bha mi dìreach airson cothrom mu dheireadh a thoirt dhuibh. Tuigidh sibh gur ann a chum ur leas a tha mi a' toirt iomradh air seo. Tha ar sgeamaichean… tha ar sgeamaichean… ciamar a chuireas mi an cèill e? Cha bu mhath leam cur sìos cus air na co-fharpaisich againn ach bheir na sgeamaichean againn dhuibh "Toradh tèarainte san àm ri teachd", mar a chanas ar sanasachd. Chan eil e ro fhadalach. Cuiridh mi am form air dòigh dhuibh.'

Chrath Àaron a cheann. 'Tha mi taghta leis mar a tha cùisean.'

'Glè mhath ma-thà.' Rinn Siosafas brunndail beag, neo-thoileach. 'Aon cheum beag mu dheireadh againn ma-thà. Cuireamaid air dòigh an cùmhnant-cead.' Le gluasad-làimhe clis aig Siosafas nochd form ùr air an sgrìon. Dh'fhan Àaron na thost tiotan mus tàinig na faclan meata às. 'Tha aon iarrtas beag mu dheireadh agam.'

''S e ar dleastanas ur toil a fhreagairt. Ma dh'innseas sibh dè ur n-iarrtas nì mi mo dhìcheall a choileanadh.'

'Bu mhath leam a faicinn. Malamhìn. Malamhìn Morai. Dìreach gus mo rùn a dhaingneachadh.'

Sheas Mgr Siosafas is thug e corra cheum mun deasg is e a' suathadh a smiogaid eadar a chorragan.

'Cha bu chòir do sin a bhith ceadaichte, gun cead bhon teaghlach tha mi a' ciallachadh.'

Bha làn fhios aig Àaron air sin. Bha fios aige cuideachd nach robh dòigh air thalamh a gheibheadh e an cead sin bhon teaghlach aig Malamhìn leis cho beag suim 's a bh' aca dha. Cha rachadh e às àicheadh gun robh e na ghille gòrach, tric ri faoineas is amaideas, nuair a thachair e ri Malamhìn an toiseach. Ach nach e sin gnè nam fear òga? Cha rachadh iadsan às àicheadh gun robh caochladh air tighinn air fo bhuaidh a' ghaoil an ann ùine nach robh fada is nach fhaighte cèile nas dìlse dhi fhad 's bu bheò i. Co-dhiù, b' aithne dha Àaron nach b' e sin an rud an dha-rìreabh a chuir diomb orra. B' i an fhìrinn nach robh e dhen ghnè a shùilicheadh iad dhi; gur ann às an inbhe sòisealtais cheàrr a bha e gun mòran soirbheachais no maoin san amharc dha. Bhuineadh e, mar a chanadh iad sna seann làithean, do thaobh ceàrr a' bhaile.

Thug Mgr Siosafas corra cheum eile is thionndaidh e ri Àaron. 'Uill, cha chreid mi gun dèan seo cus cron. Cò aig am bi fios ach sinn fhèin?' Rinn e gàire bheag atamach.

Dh'èirich Àaron is chaidh an triùir fhireannaich tro dhoras aig cùl an deasg aig Mgr Siosafas. Air am beulaibh bha trannsa cumhang tron do shiubhail iad, fear mu seach. Stad iad aig doras aig a cheann. Mheath ath-sheirm bragadaich am brògan is dh'fhàs Àaron mothachail às ùr air crònanaich bhuan innealraidh an àite a bha nas nochdte an seo. Ged a bha an doras fan comhair beag bha coltas trom, diongalta air. Sheall Mgr Siosafas gu dìreach a-steach dhan leughadair-reitine. Air don obraiche aige an aon rud a dhèanamh sguab an doras le sliopraich gu aon taobh, gan leigeil troimhe. Le sliopraich eile dhùin e air an cùlaibh.

Bha an t-adhar nas fhionnaire, b' e seo a' chiad rud don do mhothaich Àaron mus do dh'fhàs a shùilean cleachdte ris an dorchadas uime. Bha iad air ùrlar beag meatailt crochte os cionn lann ana-mhòr uamhach. Fodhpa bha coille de shiolandairean gun àireamh nan seasamh ceann-dìreach air muin a chèile mar colbhan cathair-eaglais, a' luisneachadh gu fann san dubharachd. Tro na cliathaichean trìd-shoilleir aca chìtheadh Àaron cruth daonna taibhseil taisgte am broinn gach siolandair.

'Dè an àireamh a th' aice?' chagair Mgr Siosafas ris an obraiche aige. Sheall esan air an inneal a bha fhathast aige na làimh is thug e seachad sreath de dh'fhigearan don cheannard aige a chuir esan a-steach dhan sgrìon a bha crochte rin taobh. Le sin las solas uaine air ceann aon de na siolandairean. 'Sin i,' thuirt e ri Àaron aig an dearbh àm 's a theann an t-ùrlar air an robh iad air siubhal thar na siolandairean. Le glang maol stad an t-ùrlar os cionn an t-solais is theann e ri siubhal dha ionnsaigh. Sìos seachad air na rangan de shiolandairean, a' toirt am follais sealladh dìomain de na cruthan neulach nam broinn, gach fear is tè nam bràthair, piuthar, pàrant no caraid aig cuideigin uaireigin, crochte an tìm mar a bha iad crochte san adhar. Fodhpa bha sreathan gun crìoch de shiolandairean a' sìneadh dhan t-sìorrachd.

Thàinig an t-ùrlar gu stad air beulaibh a' chochaill thaghta. Thug cridhe Àaron leum beag às is e a' tighinn aghaidh ri aghaidh le cuspair a rùin. Bha i cho bòidheach 's a bha i is i fhathast beò, nas fhoirfe 's dòcha, is i crochte an sin eadar bàs is beatha, dìreach air an diog uarach a dh'fhàg a h-anail mu dheireadh a corp. Bha a h-uile mìr cràidh is àmhghair

air fhògradh bho gnùis ga fàgail le fiamh sìochail. Le sùilean dùinte bha i mar naoidhean na shuain. Eadar a cìochan lom, sin an seud-mhuineil an cumadh leth-chridhe a thug e dhi nuair a thug iad seachad na bòidean aca. Thog Àaron a làmh gu a bhroilleach fhèin gus am fairicheadh e a shamhail a bha crochte fo lèine fhèin.

Fon t-seud, bha a cridhe fhèin glacte na bhuille mu dheireadh. An cridhe a bha cho làidir ann an gaol ach gun de neart aige aig a' cheann thall a sheasadh ri beòthalas na tè dham buineadh e. Thug e cràdh dha nach gabhadh seasamh ris nach fhaigheadh e air a bhith ri taobh aig àm a h-anacaire, ri linn gamhlas a teaghlaich. Ach 's ann leis-san a bhiodh an dìol aig a' cheann thall is an dithis aca còmhla às ùr, gun teaghlach no ullachaidhean an latha a bh' ann san rathad orra, san àm sin a bhiodh cothrom ann air uireasbhaidhean na bodhaige aig Malamhìn a cheartachadh.

Ghnog Àaron a cheann a chomharrachadh gun robh e deiseil.

Air ais san oifis shoidhnig e an cùmhnant gun dàil mus tigeadh aithreachas air. Cha robh air fhàgail aige a-nis ach an deisealachadh. Dh'iomain Mgr Siosafas Àaron a-mach air treas doras san t-seòmar, sìos trannsa fada cumhang eile le faileas Mhgr Tiaron fhathast air an sàil. Nuair a dh'fhosgladh dha an doras aig ceann an trannsa is a bu lèir do dh'Àaron am bòrd air a bheulaibh 's e air a chuartachadh le uidheamachd dhen ghnè a chithear ann an ionad dlùth-chùraim dh'fhairich e an suail eagail a' sguabadh troimhe às ùr is chaidh na glùinean aige lag tiotan. Thog e a làmh dhan t-seud-mhuineil aige is bhean e ris tron lèine aige an oidhirp e fhèin a shocrachadh, ach b' ann nuair ghlac a shùil Liobationa 's i na suidhe san oisinn a thog a mhisneachd is a thraogh iomagain gu h-ealamh. Bha i cho aighearach is a bha i a-riamh: smig air a h-aodann, dealradh na sùilean. Thug i leum aiste dha ionnsaigh is thilg i a gàirdean mu mhuineal. Chàraich i pòg mhaoth air a bhathais.

'Àaron a ghràidh! Tha mi air bhioran,' cheileirich i. 'Feumaidh gu bheil thu an aon rud. An latha agad mu dheireadh thall, an dithis eòin ghaoil gu bhith còmhla às ùr. 'S bochd nach bi mi còmhla ribh.'

Rug i air làimh air is threòraich i a dh'ionnsaigh an dà shèithir san oisinn e. Lean Mgr Siosafas a-staigh iad. Chàraich e a làimh air gualainn Àaroin mus robh cothrom aige suidhe, ga thionndadh dha ionnsaigh. 'Uill, chan eil air fhàgail agamsa ach mo bheannachd a thoirt dhuibh mus dealaich sinn.' Thaisbean braoisg an duine greiseag na fiaclan ro-gheal aige. Rug e air làimh air Àaron is thug e crathadh air. 'Gur math thèid leibh air an taobh thall a charaid. Bidh còig mionaidean agaibh mus nochd na comasaichean is a thèid cùisean a thoirt gu buil. Feuch am meal sibh an tamall agaibh còmhla.' Le sin a-mach air an doras a ghabh e is an t-obraiche aige ga leantainn.

Shlaod Liobationa Àaron gu socair sìos a-steach dhan t-sèithir ri taobh. Thug i a-mach am meanbh-chlàr aice. 'Seallamaid air cuid de na seann photos,' thuirt i. Nochd fo shùilean sreath de fotografan dheth fhèin is Mhalamhìn; an aon ghleans nan sùil anns gach fear dhiubh, an aon bhraoisg dhòigheil air an gnùis, an àrainn air an cùl ag atharrachadh. Iad ri cleasachd sa flat aig Malamhìn, air beulaibh taigh-tasgaidh no ìomhaigh air choireigin, air mullach beinne, air tràigh, a' mireadh sa mhuir. Gach fear air a thogail le Liobationa ach gun an t-aodann aice a' nochdadh ann an gin dhiubh ach a-mhàin am fear mu dheireadh a bha na fhèineag dhen triùir aca, 's iad air an cuairteachadh le dìtheannan ann an gàrradh lusan. Thàinig e a-steach air Àaron cho mòr 's a bha i air a bhith mar phàirt dhen bheatha aca. Cha mhòr nach canadh tu gur e càirdeas triùir a bh' ann.

Phaisg Liobationa an clàr aice air ais na pòcaid. Às a baga thug i bogsa plastaig.

'Cuimhne agad an uair a bha sibh sa flat agam is rinn mi cèic seòclaid dhuibh, an tè le uachdar Amaretto na broinn. A' chèic a b' fheàrr air an do bhlais thu riamh, mar a thuirt thu.' Dh'fhosgail i am bogsa. 'Seall air na rinn mi dhut.' An sin, aig bonn a' bhogsa, bha dà shliseag mhèith dhen dearbh chèic nan laighe air muin a chèile. Cha robh mìr mhiann aig Àaron dad ithe ach dh'fhuasgail e an t-sliseag uachdrach bhon tè foidhpe is thug e bìd aiste.

'A cheart cho blasta 's a bha i nam chuimhne,' thuirt e. Thill e an còrr dhen t-sliseig dhan bhogsa is dh'imlich e bàrr a chorragan.

'Saoil... nuair a dhùisgeas tu am bi am blas sin fhathast air do theanga,' rinn Liobationa bìogail. Bha guth na tè sin cho blàth is aotrom. Mar torman socair sruthain, smaoinich Àaron. Neònach mar nach robh e air mothachadh dha sin roimhe.

Chùm iad orra a' seanchas mu na seann làithean is na mionaidean a' sìor thrèigsinn orra. Ge b' oil leotha bha an còmhradh aca a' seargadh. Agus rud eile, bha cainnt Liobationa a' fàs mabach. Bha an togail air traoghadh às a guth. Chàraich Àaron a làmh air mùin a làimh-se.

'Dad ceàrr?' dh'fhaighnich e. Sin far an do thòisich a' mheacanaich, na guailnean aice a' luasgadh gu socair. Choimhead i gu dìreach na shùilean leis na sùilean cruinn donn aice, na deòirean annta a' luisneachadh ann an solas cruaidh an t-seòmair.

'Tha mi cho duilich,' ghlug i. 'Chuir mi romham nach tachradh sin. Òinseach a th' annam.'

Bha iad fhathast nan suidhe mar sin nan tost nuair a dh'udail guth maoth a-steach tron labhrair ag innse dhaibh gun robh an t-àm aca còmhla deiseil. Aig an dearbh àm sguab doras fosgailte taobh thall bhon doras tron tàinig Àaron a-steach, a' toirt am follais gocaman na fheitheamh an sin. Sheas an dithis mar aon is thug Liobationa pòg aithghearr eile dha Àaron air a bhathais. Le sin thionndaidh Liobationa gu h-ealamh is rinn i air an doras. Mus tug i ceum a-mach troimhe ge-tà, chuir i car dhith fhèin, a' cur aghaidh air Àaron às ùr.

'Tha aon rud eile agam ri ràdh riut,' thuirt i. Rinn an gocaman air a cùl casad beag mì-fhoighidneach. 'Cha tèid agam air a ghlèidheadh dhomh fhèin tuilleadh. Mura faigh mi na faclan a-mach ithidh iad mi bhon taobh a-staigh.' Dh'fhan i an sin na tost tiotan. Chàraich an gocaman a làmh air a gualainn.

'Tha gaol agam ort.' Le sin thug i leum aiste a dh'ionnsaigh Àaron, phòg i gu neartmhor e air na liopan is theich i tron doras. Sguab an doras dùinte air a cùl a' gearradh dheth a meacanaich. Chaidh Àaron a-null dhan bhòrd deasachaidh is shuidh e air oir. Thog e a làmh gu amhaich is shlaod e an seud-muineil thairis air a cheann. Thug e seachad tamall a' cluich leis, ga tharraing air ais is air adhart eadar a chorragan mar gur e sreang ghrìogagan-iomagain a bh' ann. Nuair a sguab fosgailte an treas doras san t-seòmar is a thàinig an dithis chomasaichean a-steach nan deiseachan geala dhinn Àaron an seud-muineil a-steach gu pòcaid a bhriogais. Thog e a shùilean dhan dithis a dhlùthaich air mar dà sgàil is iad cho bàn ris a' bhalla air an cùl. Thug tè dhiubh seachad gu puingeil geàrr-mhìneachadh air a' phròiseas a bha gu bhith fa-near do dh'Àaron; an guth aice rèidh, gun faireachdainn. Cha tug Àaron a-steach facal dheth. Laigh e sìos air a' bhòrd mar a chaidh iarraidh air. Thug e fa-near do spùtachan ga thogail ri thaobh.

'Cuiridh sin aig fois sibh mus tòisich sinn,' thuirt am boireannach.

Le clisgeadh shuidh Àaron gu dìreach.

'Tha mi air m' inntinn atharrachadh!' dh'èigh e.

Agallamh ri Ruaraidh MacLabhrainn
le Marta Ní hEaghra

BHA MI AIR bhioran is mo latha agam, mu dheireadh thall. Às dèidh a h-uile car is lùb tron deach mi – na litrichean-iarraidh, an iomadh foirm is na dearbhaidhean tèarainteachd – bha mi gu bhith a' faighinn facal air sàr-ghaisgeach ar cànain. Bha mi taobh a-staigh an ionaid a tha air a bhith na rùn-dìomhair dhuinn air an taobh a-muigh gu ruige seo, is fear puingeil gam stiùireadh gu siùbhlach tro thrannsa glainne is stàilinn dhan oifis far an robh an duine fhèin, Ruaraidh MacLabhrainn, a' feitheamh orm. Chaidh m' fhàilteachadh a-steach dhan rùm le snodha-gàire fialaidh Ruaraidh chòir. 'S gann gun creidinn, leis a' chruth-atharrachadh a bha air tighinn air, gum b' e seo, ri mo thaobh-sa, an dearbh Ruaraidh againn a bha o chionn greis ag obair na croite. Air mo bheulaibh fhuair mi duine a bha làidir, an dà chuid na bhodhaig is na inntinn. Bha sradag lèirsinneach na shùil is chìte gu follaiseach fhèithean righinn fo a dheise-leuma. Air a bhroilleach bha suaicheantas na buidhne, leis na litrichean B - T - E - R – n – G air an grèiseadh ann an òr: Bòrd Tuineachaidh Eadar-Reultach na Gàidhlig; ainm a tha air a bhith air ar n-aire airson greis a-nis agus an iomairt iongantach is ionraic aca gus tòiseachadh.

Cha chreid mi nach ann a h-uile latha is oidhche a chluinneas sinn aithisg ùr air choireigin mu dheidhinn bho ar caraidean aig BBC Alba is Radio nan Gàidheal. Thig bloighean am bàrr fiù 's air na naidheachdan nàiseanta is tha cuid dhe na meadhanan bho thall thairis air nochdadh air ar stairsich is iad an tòir air sgeulachdan ceangailte ris an iomairt. Catrìona bhochd! Ciamar a bhiodh fios aice gun robh tè-naidheachd às an Eadailt a' dèanamh far-chluais oirre san taigh-seinnse agus i a-mach air làithean a h-òigridh nuair a bha ise is Ruaraidh a' suirghe. Abair clisgeadh a fhuair i an ath latha is i a' dùsgadh le ceann goirt dhan aodann aice fhèin air a liacradh air feadh nam meadhanan sòisealta. Bha greis ann nuair nach fhaigheadh tu faisg air an taigh aice leis na bha de charbadan air am pàirceadh shuas an rathad is luchd-naidheachd a' sgaothachadh mu thimcheall mar chuileagan.

B' e urram thar tomhais a bh' ann dhomh nuair a chaidh mo thaghadh gus a' chiad agallamh slàn a dhèanamh ri Ruaraidh bho chaidh e a-steach dhan sgeama trèanaidh.

Bha uinneag thomadach air ar beulaibh a' toirt sealladh dhuinn air an raon rocaide, leis an rocaid fhèin na seasamh mar charragh aig a theas-mheadhan is a' mhachair a' sìneadh air a chùl. Sgrìobhte air cliathach na rocaide bha sluagh-ghairm dà-chànanach na buidhne: A Dhol Gu Dàna Gu Far Nach Deach Gàidhlig Roimhe, agus ann am Beurla *Sending Gaelic to the Furthest Flung Corners of the Universe.*

Chuir Ruaraidh seachad greis a' cur an cèill dhomh àrd-amasan na buidhne is mar a bhiodh iad a' siubhal nan speur an tòir air ceàrnan torrach far an cuireadh iad air bhonn saoghal ùr Gàidhlig. 'Cruthaichidh sinn pàrras far nach cluinnear ach an cànan as bòidhche. Mar as iomchaidh do dh'àite dha leithid cha bhi sgeul air saothair no bochdainn mar a b' aithne do na Gàidheil a dh'fhalbh. 'S e an teicneòlas a thig nar cois a ghabhas os làimh uallaichean bìdh is fasgaidh às ar leth.' Chlìor Ruaraidh amhaich is e a' togail a dhùirn, agus ghairm e 'Biodh a' Ghàidhlig na cainnt do ghàrradh Eden a-rithist mar a bha bho thùs agus mar as dligheach dhi!'

'Agus far nach fhaigh nathair na Beurla a-steach,' chuir mi ris. 'Ach dè bhios sibh ris mur eil obair gu bhith ann?'

''S e sin cnag na cùise nach e? 'S ann a bhios sinn nar filidhean is nar bàird ri rann is duan bho mhoch gu dubh is sinn a' moladh an t-seann shaoghail is làithean cùbhraidh ar n-òigridh air uachdar na talmhainn.'

Cha robh coltas an uallaich no sgìos a' laighe air aogas Ruaraidh idir às dèidh an iomadh mìosa de thrèanadh tron deach e: trèanadh fallaineachd, na deuchainnean gun sgur, na greisean anns an ionad iom-tharraing-neoni agus an t-ionnsachadh mionaideach. Ach b' e sin an seòrsa duine, a-mach às an àbhaist, a chaidh a thaghadh airson a' phròiseict. Bha fiughair agam barrachd fhaighinn a-mach mu dheidhinn is dè thug air an dùbhlan a ghabhail os làimh.

'Ciamar a fhuair sibh an seo?'

Aon uair is gun do dh'fhàg na faclan mo bheul bha fios agam cho faoin 's a bha iad, ach tuigidh sibh gun robh car de dh'fhiamhachd orm ron duine aig an àm.

'Air a' bhus!' Rinn e lachan. Bha, bho riamh, taobh àbhach aig Ruaraidh; gòrach chanadh cuid.

Chàraich e a làmh air mo ghualainn. 'Na bi fo uallach, a bhuinneag. 'S ann a tha mi a' tarraing asad. Tha fhios agam dè tha thu a' ciallachadh. Àidh; neònach nach eil?' Lean e air, 'Bho obair fearainn gu siubhal nan speuran. Bho boiler suit gu space suit. Leis an fhìrinn innse bha an t-àm agam atharrachadh a thoirt air mo bheatha; is cha b' e dìreach prìs ìosal nan uan an-uiridh a bu choireach.' Chrom e dham ionnsaigh is chagair e: 'Off the record, bha mo bheatha phearsanta a' fàs caran riaslach, fhios agad. Trioblaidean bhoireannach is eile.' Phriob e orm. 'B' e am baile mòr a bha fa-near dhomh aig an toiseach gus am faca mi sanasachd-fastaidh a' phrògraim, is thuirt mi rium fhèin: Mas urrainn dhomh an tìr-mòr a thoirt orm, thèid agam a cheart cho math air tìrean cèin a thoirt orm; gu dearbh mar a rinn ar sinnsearan.'

Thug e iomradh an uair sin air a' phròiseas taghaidh teann is mar a bha e ga mheasadh fhèin cho fortanach faighinn troimhe.

'Dè dìreach na comasan a dh'fheumadh a bhith agaibh?' dh'fhaighnich mi dheth.

'Fallaineachd; tha sin cudromach,' fhreagair e, 'ach b' e seasmhachd an rud a bu chudromaiche: a bhith deiseil gus dèiligeadh ris a h-uile dùbhlan a thig dhar n-ionnsaigh gun dùil.'

'Cofaidh?' Phut e siuga stutha dhuibh dhorcha thugam is ghabh mi cupa. Ghabh is esan is shluig e sìos e.

'A bheil leithid cofaidh ceadaichte sa phrògram, is e na dhroga?' dh'fhaighnich mi dheth gu magach. Bha mi a' fàs nas dàna.

'Fhios agad, 's fhada an tìde a bhios sinn ri pileachan is biadh tioram a-mach à pacaidean. An-dràst' 's ann a tha mi a' gabhail brath air na cothroman a gheibh mi air cofaidh… is corra dhram,' chuir e ris os ìosal. 'Na innis do na bosses.'

'Agus làn ar cinn de Ghàidhlig againn,' bhris e a-steach air fhèin. ''S e sin comas cudromach a bu chòir a bhith againn. Ach, uill, chan eil i buileach aig a h-uile neach san sgioba gu coileanta. 'S e pròiseact X am fuasgladh don easbhaidh seo. Sin agad an siostam air ùr dhealbhachadh againn a bheir seachad Gàidhlig cheart dhan fheadhainn às a h-aonais air an t-slighe; gun luaidh air an fheadhainn le Gàidhlig Leòdhais.'

'Pròiseact X'. Bha rudeigin car eòlach mun ainm seo, nach robh? Dhearbh Ruaraidh dhomh gun deach corra sgeamapaidhleit a chur air bhonn o chionn beagan bhliadhnaichean air an stairsich againn fhèin air uachdar na talmhainn. Sin e! Bhuail e orm gu robh mi fhèin air bhith greis nam ghearra-mhuc sa phròiseact nuair a bha mi aig a' cholaiste ann an Steòrnabhagh. Cluinnidh mi fhathast nam cheann guth àrd a' bhoireannaich a bha ga lìbhrigeadh an uair sin. 'F-e-a-s-g-a-r m-a-t-h a-g-u-s f-à-i-l t-e d-o-n Ò-b-a-n! This week we'll be looking at how to say…' is mar sin air adhart. Cha bu luaithe a bha am pròiseact air nochdadh na chaidh a tharraing. 'Cus bhacaidhean gan cur san rathad air,' a rèir Ruaraidh; bacaidhean biurocratach le cuid a chomhairlean nach gabhadh ris, is dìth ghoireasan. 'Ach 's truagh leam a ràdh,' – choimhead Ruaraidh air falbh bhuam nuair a thuirt e seo – 'gur e cnag na cùise nach eil an duine àbhaisteach deiseil airson siostam a tha cho adhartach.'

Bha e air tighinn a-steach orm gun robh beàrn anns a' mhìneachadh a fhuair mi gu ruige seo agus chuir mi an cèill mo theagamh. 'Ach, can, ma bhios cruth-bheatha mar-thà anns na ceàrnan a bhios sibh a' siubhal. 'S dòcha gum bi dòigh conaltraidh aca fhèin. Cò chanas gun gabh iad ris an iomairt agus nach cuir iad na h-aghaidh?'

Ach bu chòir fios air a bhith agam; bha iad air smaoineachadh air a h-uile rud a b' urrainn tachairt. 'Tha plana againn son a h-uile ceàrn dhen domhan,' mhìnich Ruaraidh dhomh, 's e mar phàrant a' bruidhinn ri pàiste, 'a dh'innseas dhuinn mar a choileanas sin ar n-amasan. Tha iad taisgte air coimpiutair an t-soithich. Le foghlam is foighidinn, is cinnteach gun coisinn sinn àite dhuinn fhèin. Rè ùine, cò aig a tha fios, 's dòcha gur i a' Ghàidhlig a bhios air teanga clann nan creutairean-fànais.'

Theagamh gur e an nàire ro m' aineolas a bu choireach ach thàinig abhsadh nar còmhradh an uair sin. B' e Ruaraidh a bhris an an-fhois le bhith a' toirt fiamh-ghàire fhiosrachail dhomh. 'Tha cuireadh agam dhut ma ghabhas tu ris,' thuirt e. 'Leis mar a tha an t-àm falbh a' dlùthadh oirnn is nach eil na h-uiread de dh'uallach oirnn mu thèarainteachd ar pròiseactan dìomhair, tha cead agam do thoirt air bòrd an t-soithich ach an cuir thu aithne air na goireasan againn.' Cha b' e ruith ach leum!

Thug sinn carbad beag thairis air an raon-laighe is an uair sin suas lioft leinn, seachad air an dà roinn connaidh a bhiodh a' toirt na rocaide far grèim iom-tharraing na talmhainn (is, gu dearbh, grèim na Beurla). Ràinig sinn toll beag faisg air ceann na rocaide agus chrom sin a-steach troimhe. Fhuair mi faothachadh nuair bu lèir dhomh tron doilleireachd gun robh an taobh a-staigh na bu mhotha na bha e a' coimhead bhon taobh a-muigh. Bha sinn anns an rùm-còmhnaidh is e air a lìonadh le goireasan is bòrd bìdh, na podan dibhearsain len cuid sgrìonan crochte os an cionn, is na goireasan eacarsaich. 'Tha a h-uile càil a tha sin àbhaisteach gu leòr.' Chaith Ruaraidh a-mach a làmh a' sònrachadh na bha far comhair. ''S ann os ar cionn a tha na h-annasan gar feitheamh.' Lean mi suas am fàradh e gu rùm eile far an robh sreath de cheallan neònach nan seasamh gu dìreach an taic ris an dà bhalla. Air gach fear dhiubh bha ceann plastaig trìd-shoilleir fosgailte agus foidhe sin làrach chinne-daonna air a mòlltachadh a-steach dhan chealla, a' feitheamh air a luchd.

'Sin far an cuir sinn seachad ar turas,' mhìnich Ruaraidh dhomh. 'Leis gum bi na mìltean de bhliadhnaichean-solais againn ri siubhal, bidh sinn ann an staid anamanachadh croichte. 'S e a tha mi a' ciallachadh gum bi sinn nar suain-chadal fad na slighe.'

Air cùl nan leapannan bha sruth de uèirean is thiùbaichean ioma-dhathte. Chomharraich Ruaraidh pìob bhuidhe dhomh.

'Sin pìob a' phròiseict X,' thuirt e. ''S e sin a' phìob a bhiadhaicheas a' Ghàidhlig a-steach do dh'eanchainn na feadhainn aig nach eil an cànan aig an ìre as còir.' Mus robh cothrom aig a' cheist a bha air bàrr mo theanga mo bheul fhàgail lean Ruaraidh air. 'An dùil am bi thu a' faighneachd dhìot fhèin ciamar a ghabhas an soitheach stiùireadh is sinn uile nar cadal? Lean mis'.'

Dhìrich sinn fàradh eile gu far an robh seòrsa de chùlaist aig fìor shròn an t-soithich. Bha sèithear anns an rùm seo le uinneag air a bheulaibh a' coimhead a-mach air na neòil dhorcha os ar cionn. San t-sèithear bha ròbot gleansach na shuidhe is e na thàmh.

'Sin am fear a stiùireas sinn.' Thug Ruaraidh buille mun ghualainn don ròbot. 'Deiseil is deònach, eh a bhalaich!' Phriob Ruaraidh orm. 'Seo *XR5000*, an ròbot as adhartaiche a th' ann. Tha a h-uile goireas a tha a dhìth aig an fhear sa. Nas cudromaiche na na comasan teicnigeach a tha aige, tha a cheann làn den Ghàidhlig as glaine. Somhairle a chanas sinn ris.'

Mhothaich mi gur ann an cùl ceann an ròboit a bha pìob bhuidhe an t-siostam X a' tàrmachadh is bho seo gun robh i a' ruith tro tholl sa bhalla a-steach an ath-dhoras. B' ann gu dìreach bho eanchainn Shomhairle fhèin a bha an criutha gu bhith a' faighinn an cuid Gàidhlig.

Bhrùth Ruaraidh air putan air ceann an ròboit. 'A Shomhairle, nach dùisg sibh.' Lìon sùilean an ròboit le solas dearg is dhùisg e le clisgeadh.

'C-à-i'-l s-i-n-n? A-n d'-r-à-i-n-i-g s-i-n-n f-h-a-t-h-a-s-t?' ghròc e.

'Bheir e beagan ùine gus am blàthaich na cuairtean dealain aige,' thuirt Ruaraidh le beagan nàire na ghuth. 'Nach cuir sibh fàilte air ar n-aoigh, a Shomhairle!'

'S-ì-t-h g-u-n r-o-b-h m-a-i-l-l-e r-i-u-t a c-h-o- c-h-r-e-u-t-a-i-r n-a c-r-u-i-n-n-e!'

Thug Ruaraidh slaic dha mu chom is rinn am ròbot brunndail pianail air a leantainn le crònan tiamhaidh:

'A nighean, a nighean bhàn,
dh'fhilleadh an ceòl mòr nad àilleachd'

Ge b' oil leam bha mo ghruaidhean a' ruadhadh. Chuir Ruaraidh Somhairle an ròbot na thàmh a-rithist is cha b' fhada gus an robh sinn air ais shìos air an raon rocaide, is sinn a' fàgail soraidh aig a chèile. Abair latha a bha air a bhith agam; latha a mhaireas leam fad mo bheatha. Nuair a rug sinn air làimh air a chèile is a thug Ruaraidh pòg bheag dhomh mun phluic, mheòraich mi air cho diofaraichte 's a bhiodh ar beathannan bho seo a-mach. 'S ann aig Ruaraidh a bhios an dleastanas Gàidhlig a thoirt gu bith ann an saoghalan eile ann an tìm eile. 'S fheudar dhomhsa gabhail ri uireasbhaidhean mo bheatha air talamh.

'Guma fada beò sibh agus gun soirbhich leibh!' Dh'fhàg mi mo bheannachd aig fear a stiùireas ar cànan dhan àm ri teachd.

Air an Iomall

B' E SIN GEAMHRADH eile san àit' seachad; cha mhòr. An e seo an t-seachdamh no an ochdamh bliadhna? Duilich a bhith cinnteach. Bha iad uile air an leaghadh am measg a chèile nam cheann. Beatha air an iomall, is mi nam aonar a-nis bho dh'fhalbh càch. Bha gu leòr ùine ann airson meòrachadh rè a' gheamhraidh; cus. Tron dubh-choimeasg a bha gam bhogadh bha boillsgeadh air tighinn thugam am-bliadhna. Bha e soilleir dhomh a-nis carson a thàinig mi an seo sa chiad dol a-mach. Mar a bha fios agam ron a seo b' e teicheadh pàirt dhen adhbhar; teicheadh bhon deoch is na drogaichean a rinn lèirsgrios air mo bheatha. Agus faochadh; chan ann dhomhsa ach dhan fheadhainn a bha dlùth orm is a dh'fhàg mi air mo chùl. Bhiodh iad gam ionndrainn; gu ìre; aig an toiseach; ach chan eil teagamh nach biodh fearg is tàmailt ann, an cois an cuid ionndrainn. Gheibheadh iad seachad air is bhiodh iad na b' fheàrr dheth ri linn.

Ach b' e an t-adhbhar fìor: peanasachadh; fèin-pheanasachadh. Agus b' ann am pailteas a fhuair mi sin. Le mìos no dhà a bharrachd de chnuasachadh thàinig e thugam gun robh sin na adhbhar fèineil. B' e seo a' chiad gheamhradh a bha mi air fàs teagmhach mun chùis. Chan ann air sgàth nach robh mi a' faighinn na bha mi ag iarraidh, ach air sgàth gun *robh* mi ga fhaighinn. Airson a chiad uair on a thàinig mi dhan àite dh'fhairich mi am miann fhàgail. Ach ciamar?

Nuair a chuir mi a-steach dhan t-Seirbheis-Fhrithealaidh air an Iomall, b' ann a dh'aona-ghnothach a thagh mi an roinn a b' iomallaiche a bh' aca. Nochd mi air beulaibh Comataidh an Taghaidh is chaidh a' cheist a chur orm: càite am b' fheàrr leam a dhol. Chuir mi mo chorrag air a' mhapa is shuath mi i gu ruige an àird a tuath, seachad air na roinntean eile; gu ceàrn beag creagach eadar muir is tìr. Àite air fìor iomall na siorrachd ris an canar 'An Roinn a Tuath'.

Roinn a Tuath! Abair ainm gun sùim do dh'àite farsaing a bha aon uair na dhachaigh do dhream, do dhualchas is do dh'eachdraidh. B' e Alba a chanadh iad ris o chionn fhada an t-saoghail, cha chreid mi; ged a tha Roinn a Tuath cuideachd a' toirt a-steach beagan dhen t-seann Shasainn. Tha làithean mo bheatha ann am prìomh bhaile na siorrachd, no 'Baile a Tuath' mar a tha aca air, cho fad às a-nis dhomh. 'S ann mar gur e beatha cuideigin eile a bh' ann. B' e siud am baile a b' fhaide gu tuath san rìoghachd bho chaidh an fheadhainn eile a dhùnadh sìos ri linn èifeachdachd, eadar Dùn Èideann, Glaschu, Peairt, Inbhir Nis is a h-uile baile, clachan is baile-fearainn bìodach a b' àbhaist a bhith a' laighe eatarra. Agus Carlisle gu dearbh, a bhiodh a' laighe beagan an iar air far am faigh thu Baile a Tuath an-diugh. Chithear fhathast làraichean an t-seann bhaile sin bho oir Bhaile a Tuath.

Cha robh a-nis ach am fàsach eadar mi fhèin is am baile mòr ud, 'Roinn an Toraidh' mar a theirear ris, a tha air a sgaradh a-rithist eadar roinntean àiteachais is roinntean a tha air an sònrachadh airson cruthachadh cumhachd. Agus air an sgaoileadh thar na tìre mar seudan a thuit às an adhar tha corra cheàrn a tha air a glèidheadh mar thèarmann saor-ùine, is far an lorgar taighean mòra samhraidh nan daoine as beartaiche. Agus b' ann do dh'aon de na tèarmainn sin a chaidh mi fhèin, is e a-nis na dhachaigh dhomh; samhradh is geamhradh, gus an dealaich am bàs mi bhuaithe. Bha an t-àite-còmhnaidh agam fhèin ri fhaotainn, mar a bhiodh dùil, air falach bho na taighean mòra samhraidh, pìos math bhuapa air cùl creige. B' e sin bloc lom concrait ceàrnagach a bha na ionad-còmhnaidh dhan luchd-cosnaidh. Na bhroinn lorgte a h-uile rud a bha dhìth orm gus mairsinn beò ach gun mìr a bharrachd. Chan fhaighinn a-steach gu na taighean leòmach taobh thall na creige ach nuair a bhithinn a' frithealadh air feumalachdan an cuid shealbhadairean. Ged a thàinig e a-steach orm feuchainn air fuireach greis anns na diofar thaighean nuair a bha iad bàn, bha làn fhios agam gun rachadh cur às dhomh gu math sgiobalta leis na siostaman-tèarainteachd aca nan aithnicheadh iad gun robh mi ann nuair nach bu chòir.

Bha ochdnar eile san sgioba nuair a thòisich mi. Ceannard, innleadair, sgioba glanaidh is sgioba càraidh. Bha fiù 's gàirnealair ann. An e Hector a b' ainm dha? Hector no Henry. Duine caol crùbach le craiceann air dath nan sian. Fear dùinte. Duine còir. Ach thàinig crìonadh air an àite agus nuair a dh'fhalbhadh neach-obrach cha rachadh fear ùr a chur na àite, gus nach robh ann ach triùir againn ann. Chaochail Lachlann bochd le tinneas o chionn dà bhliadhna. B' ann an urra riumsa a bha e a thìodhlacadh, air bad monaidh eadar dà chreig. Obair shuarach air latha gruamach. Agus mus tàinig an samhradh seo chaidh gu crìoch chaidh Riley a dhìth. An do thuit e far creige no an deach a mharbhadh leis an t-siostam-tèarainteachd? Aig sealbh a bha brath.

Riley. Dè chanas mi mu dheidhinn-san? Duine beag neònach. Daonnan le facal modhail is snodha-gàire dha cho-obraichean ach gun faireachdainn air an cùl. Ged a bu tric a rachadh an còrr againn a-mach air a chèile cha tigeadh uair sam bith colg airsan. Daonnan rèidh, stuama. Ach, an robh sin nàdarra? Ann an àrainneachd cho cuingichte?

Bha mi a-riamh teagmhach mu dheidhinn. Ach an rud a b' annasaiche mu dheidhinn, b' e sin na sùilean aige san robh sgeann dian. Nuair a laigheadh iad ort dh'fhairicheadh tu mar gu robh iad a' tolladh a-steach gu do smior. Ged a dh'obraicheadh sinn còmhla nuair a dh'fheumamaid 's gann gun toireadh sinn facal seachad gu càch a chèile taobh a-muigh nan amannan sin. Leis an fhìrinn cha robh mi ga ionndrainn.

B' ainneamh a thigeadh neach-tadhail a dh'àite cho iomallach san latha an-diugh. Cha nochdadh ann a-nis ach corra dhuine a bha a' sreap suas ann am bliadhnaichean agus aig an robh cuimhne air tarraing na beatha air a' bhlàr a-muigh no faighinn air falbh bho ghlaodhraich a' bhaile-mhòir. Àileadh glan; is beag an t-sùim a chuirear ann an seo san latha a th' ann. Chan eil fiù 's fios aig a' mhòr-chuid dè a th' ann.

B' ann ri linn nochdadh Teicneòlas Na Beatha Taghta a thàinig an crìonadh as motha air an àite ge-tà. Le ìomhaighean is fiù 's faireachdainnean is fàilidhean a-nis a' dol gu dìreach a-steach gu eanchainn an luchd-chleachdaidh – gun sgeul air sgrìon no bhaidhsar no goireas eile air an taobh a-muigh – chan ann gu samhla a thathar a' dol a-nis ach gu saoghal a tha beò ann an dha-rìreabh.

Bha an t-àite làn thaibhsean. Taibhsean na feadhna a bha an seo ann am bith eile. Bha mi dhen bheachd gum faca mi iad air corra uair, 's iad a' gluasad tron chruth-tìre. Nan aonar no nan còmhlain: sgàilean fann, gach aon an tòir air an iomairt aige fhèin, gun for aca dhomhsa. Iadsan a b' fheàrr leotha tighinn dhan àite tro shaoghal na mas-fhìorachd; agus cò chuireadh a' choire orra. Gheibh iad a h-uile buannachd dhen àite gun sgeul air uireasbhaidh, dragh no mì-chofhurtachd; gun sgeul air fuachd, acras, uallach, cion airgid no dad a bhuineas ri beatha làitheil an duine àbhaistich. Gun sgeul air bàs.

Bha mi air a bhith air fear dhiubh sin aig aon àm, air a' chorra uair a thàinig mi dhan àite seo ann an saoghal na mas-fhìorachd mus tàinig mi ann an dha-rìreabh. Bha mi mar-thà eòlach air a h-uile clais is leargaidh, tom is lag. Tha cuimhne agam air trup a bha mi an seo mas fhìor ri linn aramach nan Seumasach. B' ann le uaill a thog sinn ar brataichean is a mheàrrs sinn bho iomall na h-Alba gu tòn Shasainn far an do chuir sinn ruaig air rìgh Seòras. B' e latha buidhe a bh' ann, an latha a chuir sinn Teàrlach Òg Stiùbhart air rìgh-chathair na dùthcha ann an ainm athar mar bu dligheach dha. Bha mi cuideachd an seo le buidheann de dhraoidhean bho phlanaid eile. Ach 's e sgeul eile a tha sin!

Tha mi aosta gu leòr cuimhne a bhith agam air geamhraidhean ceart. Geamhraidhean mar a b' àbhaist dhaibh a bhith. Bha gèiltean fiadhaich ann ceart gu leòr. An seòrsa dearg ghèile a leagadh craobhan no a chuireadh troimh-chèile air còmhdhail. Ach cha robh sgeul air gaothan an latha an-diugh a mhaireas cola-deug gun abhsadh, a sguabas duine tapaidh glan far a chois is a thilgeas e mar phìos sgudail ri oir na creige. B' ann air sgàth sin nach robh e ceadaichte dhomh an t-ionad-còmhnaidh fhàgail tron gheamhradh. An cunnart a bh' ann dhomh fhèin, chan ann mar phearsa ach mar mhaoin na stèidheachd.

Bha an geamhradh gu bhith seachad. Air sgrìon coimpiutair na Roinne bha an t-snaidhm fheargach de dhathan a riochdaich an stoirm mu dheireadh dhen ràith a' plosgartaich dh'ionnsaigh an ear. Bha an t-àm agam na ciad dhleastanasan dhen bhliadhna a choileanadh.

***

An toiseach, measadh aithghearr air an àite ach an do rinneadh cron sam bith rè a' gheamhraidh, gu sònraichte air an fheansa-dìon a bha a' sgaradh na Roinne bhon dìthreabh air an taobh a-muigh. Bu lugha orm an obair sa. Bhiodh latha de choiseachd thar talamh bog badanach air thoiseach orm. Ach b' e an rud a bu mhiosa an cunnart a bha na lùib. Cunnart bhon dearbh rud a bha ann gus an làrach a dhìon: an siostam-tèarainteachd, is fios agam gun robh an siostam a' sìor dhol a dholaidh ri linn gainnead càraidh. Às dèidh geamhradh de dhroch dhìol aig làmhan nan sian bhiodh mo bheatha gu tur an urra ri thriom. Leis gun robh an siostam cho aosta cha robh e stèidhte air aithneachadh reitine no DNA mar na siostaman nua-aimsireach, ach air cairt-aithneachaidh a bha air a fuaigheal a-steach gu m' èideadh. Ach bha a' chairt fhèin a-nis cho aost' is nach robh cus earbsa agam innte tuilleadh. Cha b' e gun robh eagal orm ron bhàs ach bha mi airson a bhith deasaichte air a shon is e a bhith fo smachd agam, gun e a bhith a' tighinn orm mar chlach às an adhar.

B' e latha meadhanach math a dh'fheith orm an làrna-mhàireach nuair a dh'fhosgail mi na dorsan stàilinn is a thog mi orm. Bha earball na stoirme mu dheireadh a' sìneadh chun na dùthcha, a' fàgail smùgraich is corra oiteag fhiadhaich na dhèidh a bhuail mu mo chom. Ach eadar na greisean seo bha a' ghaoth sèimh, bàidheil. Chrom mi sìos chun a' chladaich tron t-seann chladh far an deachaidh daoine an àite a thìodhlachadh o linn nan con. Cha robh air fhàgail dhe na taighean anns am biodh iadsan a' tàmh, ach corra chnap fon sgrath. Ach bha taighean nas ùire fhathast rim faicinn pìos beag sìos an leathad. 'S fhada bhon a dh'fhalbh an cuid mhullaichean leis a' ghaoith ach chìte fhathast blocaichean concraite an cuid bhallachan, an reandaradh a bha uair orra a-nis air a sgrìobadh is air a sgriosadh leis na siantan.

Cha robh sgeul air an *double glazing*, mar a chanadh iad ris an uair sin, anns na h-uinneagan is e na spealgan air an talamh. Ged nach robh sgeul tuilleadh air na beathaichean mòra leithid fèidh, bhiodh deannan bheathaichean nas lugha fhathast a' tighinn beò san àite: coineanaich a bha fhathast pailt, luchag is dallag an siud 's an seo, is iad a' gabhail fasgadh am broinn nam ballachan. Bha tost tiamhaidh ann far an lìonadh uaireigin ceilearadh nan eun an t-adhar.

Gu h-iongantach bha corra phìos àirneis air seasamh ris an t-sìde an tac balla: seann bhòrd no sèithir, telebhisean no coimpiutair, is luibhean a' fàs tromhpa mar gun robh iad a-nis nam pàirt dhen àrainneachd. Tha cuimhne mhath agam air an latha a lorg mi botal slàn gin, is e fhathast taisgte am broinn preas a chaidh a chaomhnadh bho bhuaidh nan siantan leis a' bhalla dhan robh e crochte. B' e a' chiad smuain a bh' agam gur e tìodhlac bho na diathan a bh' ann. Gu h-ealamh thàinig e thugam gur e tìodhlac bhon donas a bh' ann is thilg mi dhan mhuir e an làrach nam bonn mus gabhadh an seann mhiann thairis orm.

Lean mi seann rathad a' bhaile. Ged nach fhaicte a-nis ach bloighean de theàrr is a' chòrr air a chòmhdachadh le planntrais, thabhainn e slighe na b' fhasa dhomh na bhith a' cliobadh tron mhonadh gharbh, bhog. Mu dheireadh thàinig mi dhan àite far an robh am feansa-cuairteachaidh a' tachairt ris a' mhuir. Seo far an tòisicheadh m' obair sgrùdaidh air an fheansa. Cha robh dol às ann a-nis ach uairean de thuisleadh mar ghlaoic tron fhraoch bhadanach.

Bha mi air cha mhòr am feansa air fad a chuairteachadh is mi gu bhith air ais aig an ionad-còmhnaidh nuair a ghlac mi faileas air ghluasad taobh a-muigh an fheansa an oisinn mo shùla. B' e mo chiad smuain gur e beathach a bh' ann ach bha fhios agam nach biodh beathaichean ann a-nis. An e mo mhac-meanma a bh' ann a bha ag obair orm? Dh'fhan mi mar sin tamall, reòthte, rag is mi a' coimhead a-mach dhan dìthreibh. Agus sin e a-rithist, a' priobadh gu clis air cùl tuim. Cha robh teagamh agam an turas sa – b' e cruth daonna a bh' ann. Bha e a' fiaradh air ais is air adhart mar choineanach air a chlisgeadh. Ach, an àite a bhith a' teicheadh, b' ann orm fhèin a bha e a' dèanamh. Bha seòrsa de ròb breug-riochd le pìosan fhraoich steigte ris crochte mu bhodhaig.

Cha robh e ach corra slat uam nuair a thog e a cheann is a fhuair mi sealladh slàn air aogas. Cò a bh' ann ach Riley! Ach, ciamar a b' urrainn dha a bhith? Cha robh dòigh air thalamh gun seasadh duine beò air an taobh a-muigh fad na h-ùine sin. Mura robh na drònaichean-caithris air cur às dha bhiodh e air strìochdadh ro droch-dhìol nan sian ann an ùine nach biodh fada.

Choimhead a shùilean beag, biorach orm bho aodann plumach, ruiteach. 'Sin thu,' thuirt e rium le gnogadh cinn, mar nach robh dad a-mach às an àbhaist mun t-suidheachadh.

Dh'fhàg mo chuid iongnaidh balbh mi.

'Tha tairgse agam dhut,' lean an duine air, 'agus sin agad e: tèarainteachd gun dòchas taobh a-staigh an fheansa air neo dòchas gun tèarainteachd air an taobh a-muigh. Lean mise agus seallaidh mi beatha ùr dhut.'

'Ach. Ach.' Bha mi ri glugaireachd mar ghlaoic. 'Cuiridh an siostam-teàrantachd às dhuinn cho luath 's a thèid sinn taobh a-muigh a' chriosa às-dùnaidh dhan t-sòn thoirmisgte.'

'Nach tu a tha air a dhol bog! Fhuair mi fhèin seachad air slàn, nach d' fhuair? Chuir mi na bha air fhàgail dheth à comas. Chan eil an rud ag obair tuilleadh. Uill, chan ann mar bu chòir.'

'Ach tha teans ann gun obraich?'

Dhruit Riley.

'Agus na drònaichean-caithris?'

'Drònaichean an donais. 'S ainneamh a bhios iadsan air sgèith san latha a th' ann. Tha an Stèidheachadh dhen bheachd nach eil duine beò a-muigh an sin tuilleadh.' Rinn e gàire thàireil. Choimhead mi an comhair mo chùil dhan bhloca-concrait a bha air a bhith na dhachaidh dhomh fad bhliadhnaichean is an uair sin air an fharsaingeachd de mhonadh lom taobh a-muigh an fheansa. Cha robh coltas cus ro mhisneachail air fear seach fear dhiubh. Ach dè a bh' agam ri chall? Lean mi orm an cois an fheansa gus an d'fhuair mi an ath gheata-inntrigidh. Bhrùth mi na h-àireamhan iomchaidh a-steach is chaidh mi troimhe is fios agam gum biodh an siostam-tèarainteachd, mas fhìor co-dhiù, a' cumail sùil dhlùth orm a-nis. Thàinig Riley a-null an taobh a bha mi is shìn e thugam an ròb a bha aige paisgte fo achlais, dìreach mar an fhear a bha e fhèin a' cosg. Air an taobh a-staigh bha lìnigeadh de sheann ionsulaideadh-fòile. 'Gus nach tèid do ghlacadh an sùil fo-dhearg nan drònaichean,' mhìnich Riley dhomh. 'Ged a bhios tu nad fhallas ghlan an ùine nach bi fada, mar mhuc.'

Theann an dithis againn ri cliobadh tron fhraoch bhadanach, is mi an dùil gum bithinn air mo fhraidhigeadh fo gath leusair le gach cheum a thug mi a-mach. Ann am beagan ùine bha sinn fada a-muigh san dìthreabh fhraochach. Ged a chunnaic sin dròn no dhà air sgèith thar na fàire cha tàinig iad faisg oirnn.

Mu dheireadh thuirt Riley, 'Sin e.' Na ciad fhacail a thug e seachad dhomh on a dh'fhàg sinn an t-ionad. Cha robh san amharc dhuinn ach an tulach lom air ar beulaibh. Air dhuinn slios an tuim a ruighinn thuit Riley gu a ghlùintean is sguab e gu aon taobh tolman fraoich a' toirt am follais clais, mar lot fon mhòine. Chrùb e a-steach ann is lean mi na dhèidh. Bha sinn ann an uamh-thalmhainn a shìn romhainn a dh'ionnsaigh solas fann a phiobraich aig a cheann. Lean sinn an solas gu deireadh na h-uamha-talmhainn. Fodhainn thàinig uamh ana-mhòr am follais dhomh a bha mar cathair-eaglais fon talamh. Na broinn bha buidheann de dhaoine nan suidh mu theine, inbhich is clann. Dh'èirich toit air triall mall bhon teine gu ruige clais bheag am mullach na h-uamha tron robh aiteal fann grèine a' tighinn. B' e sealladh à linn na cloiche a bh' ann.

Chrom sinn am fàradh meatailt a lean a-steach dhan uaimh. Chuir gliongadaich ar casan air rangan an fhàraidh na daoine gu h-ìseal am faireachadh gun robh sinn air nochdadh. Leum iad mar aon dhan casan is chruinnich iad aig bonn an fhàraidh. Abair sealladh mì-chiatach a bh' annta is iad gun aodach orra ach luidean robach. B' fhada o nach fhaca an gnùisean cìr no ràsar. Nuair a chrom sinn sìos nam measg chaidh mo thachdadh le sàmh a leagadh each. Fhuair mi gun robh mi air mo chuairteachadh le sùilean amharasach, guineach.

B' e duine òg, bras a chuir an cèill teagamhan chàich. 'Carson a thug thu an seo an duine ud? Seall, tha èideadh an Stèidheachaidh air. Cuiridh esan às dhuinn uile.' Tharraing e sgian às a chrios is dhlùthaich e orm, an lann aige togte air a bheulaibh.

Chuir Riley stad air le bos shìnte. 'Gabh air do shocair ghille,' thuirt e. 'Nach ann às an ionad a tha mi fhèin. Agus nach eil mi air mo dhìlseachd a dhearbhadh rè ùine,' fhreagair Riley gu stòlda. 'Mar as motha de dhaoine a chuireas ris an iomairt againn 's ann as fheàrr.' A rèir coltais bha ùghdarras aig Riley am measg nan daoine seo. Tharraing an gille air ais.

Ghabh iad rium, gu ìre co-dhiù, rè ùine. Bha e na chuideachadh gun robh mi tuilleadh is deònach taic a thoirt dhaibh leis an obair aca oir bha iad gann a dh'obraichean.

Dad a chumadh mo smuaintean bhom chor. Mar sin, bloigh air bhloigh, facal air fhacal fhuair mi bhuapa an eachdraidh. Le mo shùilean fhèin ghabh mi ealla air an t-saoghal iongantach a bha iad air cruthachadh dhaibh fhèin fon talamh. Tha an rud air fad a-nis dhomh mar aisling. Ged a ghlèidh mi gach mìr fiosrachaidh a thrus mi rè na h-ùine sin gu ceart no nach do ghlèidh, chan urrainn dhomh a ràdh le cinnt. Ach 's e seo an sgeulachd mar a tha i agam nam cheann.

Aig an toiseach bha am Fuagradh Meadhanachaidh ann a dh'iomain an sluagh far na dùthcha a-steach do na bailtean-mòra. Ghabh a' mhòr-chuid ris, mar a tha fhios againn, a dh'fhàg gun d'fhuair mise is thusa ar n-àraich sna mòr-bhailtean aig deas. Ach bha an sinnsearan-san air saorsa a thaghadh thar stòldachd, is air am faighinn fhèin air drùidheadh a-mach tron lìon a bha a' dùnadh mu thimcheall orra; a-mach gu na coilltean, na monaidhean is na beanntan. Nuair a chaidh an Iomairt Sgioblachaidh a chur air dòigh is a sgap na drònaichean-caithris thar na dùthcha mar sgòthan chuileagan cha bhiodh air fhàgail ach an fheadhainn a fhuair fasgadh fon talamh. Fad bhliadhnaichean mòra bha am beatha air a bhith dìblidh is dùbhlanach. Bha tòrr dhiubh air toirt suas is air sìoladh air ais gu na cathair-bhailtean, gu sònraichte tro Bhliadhna a' Mhathanais. Ach bha àireamh bheag de dhìlsich air fuireach – an Seanòrach a chanadh iad riutha. Le strì nach beag chaidh aig a' chuanal air cumail a' dol, is còmhla ri dòrlach dhaoine a fhuair air teicheadh bho na bailtean-mòra air ais dhan dùthaich chaidh aca air piseach a thoirt air am beatha rè ùine, ged nach canadh tu gur e beatha chomhurtail a bh' aca. Fada bhuaithe. Bha iad air toll a chladhach gu bonn crann-gaoithe faisg orra, agus bhuaithe seo bha iad a' tarraing dealain. Leig seo leotha an uidheamachd dealain a chur gu feum a bha iad air goid mar-thà bhon Roinn Toradh Gnìomhachais. Leis an uidheamachd seo is pìosan a tha iad air cruthachadh dhaibh fhèin chladhaich iad tunail a ruitheas 's dòcha cilemeatair no dhà fon talamh, glan seachad air feansa Roinn an Àiteachais. 'S ann mar sin a choileanas iad na feumalachdan bìdh aca le bhith a' liùgadh gu uachdar na talmhainn is a' goid na tha a dhìth orra.

Bha iad beò air dòchas, na daoine sin. An dòchas gum biodh an latha aca fhèin sa ghrèin. Air no, mura bitheadh acasan, aig an cuid cloinne. Mar a b' fhaide a thathaich mi an saoghal fon talamh sin b' ann a bu mhotha a thuig mise faoineas an cuid dòchais. Bha e mar an teine caochlaideach sin am meadhan na h-uamha a bha a' riochdachadh na grèine dhaibh is a chùm iad a' dol le bhith ga bhiadhadh le trealaich latha is oidhche ged nach tug e seachad mòran teas. Bha Riley air mo mhealladh le chainnt mu thìr thaghta. B' fheàrr leam fada fichead mo bheatha a bhith an làmhan freastail na bhith nam throgladaidht cho fhad 's a bu bheò mi, tìodhlaichte mus robh mi air bàsachadh.

Mu dheireadh rinn mi plana gus teicheadh. Ma bha freastal air mo thaobh gheibhinn air ais dhan ionad. Mura robh gu dè an diofar. Latha a bha seo, aig àm bracaist, is sinn uile cruinnichte mun teine, thug mi orm fhèin cur a-mach le bhith a stobadh corrag sìos mo sgòrnan. Rinn mi mo leisgeil nach biodh e an comas dhomh obair an latha sin is mi a' faireachdainn cho bochd ri cù. Lùig mi air falbh mar bheathach leònte dhan fhròig dhùinte a bha mar leabaidh dhomh. Nuair a bha mi cinnteach gun robh a h-uile duine air falbh dhan obair aca shnàig mi a-mach às a-rithist. Dhìrich mi an fhàradh le mo bhòtannan air an crochadh mu m' amhaich gus nach dèanainn cus fhuaim. Shnàig mi tron uaimh-thalmhainn. Sguab mi air falbh am mullach fraoich aig a' cheann a' toirt am follais iarmailt ghorm a dhall mi greiseag le solas. Nuair a thill mo fhradharc shlaod mi mo bhodhaig suas gu ìre na talmhainn.

Bha mi nam shuidh air tom fhraoich nuair a mhothaich mi do chruth an duine a bha a' dlùthadh orm bho thaobh eile an tulachain. Riley a bh' ann. Bha an duine a bha air a bhith mar neach-saoraidh dhomh air a dhol na mhollachd.

'Sin thu,' thuirt e, cho coma co-dhiù 's a ghabhas. 'Tha mi eòlach gu leòr ort fios a bhith agam nuair a tha thu ri breug. Tha mi air a bhith a' cumail sùil ort is fios agam gu bheil beagan ùine air a dhol seachad on a chaill thu do mhisneachd san iomairt againn.'

Chùm mi orm a' ceangal nam barrall agam gun fhacal a thoirt seachad.

'Gum feuchadh tu ri teicheadh,' lean Riley air. 'Ged nach tug duine eile an aire dhut is tu a' stobadh do chorragan sìos do sgòrnan aig àm bracaist, thug mise.'

Choimhead mi suas ris an trustar bheag shuarach. 'Coma leat ged a thug. Tha mise a-mach à seo.'

'Tha fhios agad nach urrainn dhuinn do leigeil falbh is cothrom ann gum brath thu sinn gu na h-ùghdarrasan. Sin ma gheibh thu air ais dhan ionad idir.'

'Agus ciamar a tha thu an dùil stad a chur orm? Chan eil thu armaichte a bheil?' Le mo bharrallan a-nis snaidhmte sheas mi is thug mi orm am monadh farsaing air mo bheulaibh.

Cha robh mi ach air corra cheum a thoirt a-mach nuair a thàinig guth Riley air mo chùlaibh.

'Tha mi air siostam-dìona an ionaid ath-armadh. Chan fhaigh thu a-steach ann.'

Dh'at an fhearg annam. Ruith mi dha ionnsaigh is ghabh mi grèim air mu amhaich. Theann an tìr mu thimcheall ri meathadh. Gu h-obann chaidh mo bhàthadh le solas caoir-gheal.

***

Nuair a shearg an solas fhuair Aodh gun robh e ann am miadar rèidh. Uime luaisg am feur fada anns an oiteig thlàith. Tro a sgàil smùideach ghog frasadh de dìtheanan ioma-dhathte a bhàth e nam fàileadh cùbhraidh. Dh'fhairich e blàths na grèine air a chraiceann. Air a bheulaibh, aig leth-mheatair bhuaithe bha aogas an teiripiche TI aige, Riley. Aogas a bha cho creidsinneach 's a ghabhadh: cruinn, rud beag ruiteach, càirdeil, le coille bheag de ghaoisidean a' stobadh às a smiogaid is failean cuislean rim faicinn fo chraiceann a ghruaidhean. B' e an aon rud a bhrath nach e duine fìor a bh' ann na sùilean uaine sin aige le sgeann dian annta a tholl a-steach air Aodh.

Thog Aodh a làmhan bho amhaich Riley.

'Tuigidh mi d' fhearg,' thuirt Riley gu rèidh. 'Tha atharrachadh na fhìor dhùbhlan. Feumaidh sinn foighidinn.'

'Foighidinn na mallachd. Dè cho fada 's a tha mi air a bhith foighidinneach? Cia mheud de na cnàmh-sgeulan faoin agad a dh'fheuch sinn?' Bha sgìths an guth Aoidh. ''S ann a tha cùisean air a dhol am miosad le gach fear.'

'Uaireannan feumaidh tu a dhol an comhair do chùil gus gluasad air adhart.'

'An t-airgead gun fheum a chaith mi ort! Chan eil an t-seirbheis agad saor.'

'Tha cnàmh-sgeul a chòrdas riut deiseil agam airson an-ath-sheachdain. Siubhal ann an soitheach-fànais gu roinn chèin nan speur.'

'Seadh, a-steach gu toll dubh às nach fhaigh mi a-chaoidh

tuilleadh. Tha mi ullamh leat!'

Spìon Aodh clogad na mas-fhìorachd far a chinn is thilg e gu oisean a sheòmair e far an do land e ann an cnap aodach salach. Shuidh e an-àird is shlaod e fosgailte drathair a' bhùird-leapa ri thaobh. Shnàig a làmh a-steach ann mar damhan-allaidh an tòir air a chreach. Nuair a bhean a chorragan leis an fhroiseadh de phileachan a bha taisgte ann dh'fhairich e faochadh a' sguabadh troimhe. Thug e fear dhiubh gu a theanga. Le gog de a cheann sin e sìos a sgòrnan. Theann an teinnead na fhèithean ri leaghadh. Shìn e air ais air an leabaidh is dhùin e a shùilean.

To sleep, perchance to dream.

Lùchairt Kibble

SHEAS AM MEALL ceàrnagach de chloich-ghainmhich a bh'ann an togalach a' BHBC air Draibh Na Bànrighinn Mairead, gu daingeann, mar chreutair sheantaidh a bha air a slaodadh fhèin a-mach às an Abhainn Cheilbhinn foidhe. Ged a bu stòlda coltas an togalaich on taobh a-muigh, air an taobh a-staigh bha a chuislean a' plosgartaich is luchd-obrach a' ruith thrannsaichean, 's iad a' giùlan phrops is trusgan, clipboards is uidheamachd. Shìos ann am mionach an togalaich bha an sgrìobhaiche-sgriobt, Morgan Duggan, a' dèanamh a dhìcheall a' bhoil ceithir thimcheall air a chumail às a cheann is e na shlaod thar a' chlò-sgrìobhainn aige.

Bha na sgeilpeachan a bha ga chuairteachadh air an dinneadh gu mì-rianail le irisean, fanzines is leabhraichean boga ficsean-saidheansail. Breacte am measg iad sin bha modailean chreutairean-fànais is soitheachan-fànais às an t-sreath telebhisein *An t-Ollamh*, a chaidh a chruthachadh sa cheàrdaich pìos beag shìos an trannsa; am peant aca a-nis a' plaosgadh is a' mheatailt a' smalachadh; duslach air am feadh. Chomharraich na modailean sin na deich bliadhna mu dheireadh de bheatha Mhorgain. Na deich bliadhna suaimhneach sin a chaith e mar sgrìobhaiche don t-sreath. Bha an làithreachd an dà chuid na bhrosnachadh is na fhurtachd do Mhorgan is iad mar seann charaidean dha. Bha àite na chridhe don a h-uile fear is tè ach b' e Zaidacon, no Zaido mar as fheàrr a dh'aithnichear e leis a' mhòr-shluagh, a thug bàrr orra uile is dhan robh àite coisrigte aig oir an deasg aige. Zaidacon a bha na ghille cas-fhliuch don Ollamh, leth chreutair-fànais, leth robot. Zaidacon a thug cuideachadh don Ollamh a' chùis a dhèanamh air na Gadreks. B' esan a bha an urra ri soirbheachas a' chiad sreath cho mòr ris an Ollamh fhèin air sgàth an àbhachdais is an aotromais a thug e dhan phrògram.

Bha am modail beag sin mar gheas do Mhorgan. Ach o chionn greis bha a dhraoidheachd air seargadh. Fad na madainn a bha e air a bhith na phrìosanach don oifis bhig gun uinneagan aige bha an duilleag phàipeir a stob a-mach às a chlò-sgrìobhadair air mairsinn bàn. B' e Dihaoine a bh' ann. Bhathar a' tòiseachadh air an ath eapasod Diluain. Mura faigheadh e air dad a chur sìos air an duilleig ro dheireadh an latha rachadh an ceòl air feadh na fìdhle.

Chlisg e le fuaim an dorais ga fhosgladh air a chùlaibh is cuideigin a' toirt ceum a-steach dhan oifis aige. Chuir e car dheth gus an do laigh a shùilean air mionach cruinn an duine; aig an dearbh àite 's a sgaoil dà thaobh na lèine a chòmhdaich e aig bàrr criosa dhuibh, a' toirt am follais bad de dh'fheòil mholach mu imleag. Lean sùilean Mhorgain putain na lèine suas gus an do laigh iad air an aodann ruiteach aig Ibbotson, an riochdaire aige. Thàinig iad a laighe air na gaoisidean a bha a' stobadh às a chluasan is a bha a' sìor dhol an tiughad bliadhna air bhliadhna. Cha b' ionnan an ìomhaigh sin is ìomhaigh an òigeir leis an do thòisich e air obrachadh air an t-sreath. Bha an dithis aca air a bhith cho dlùth ri truaill do chlaidheamh an uair sin. Dithis gheeks, le falt fada is chàrdaganan fighte orra, a-mach air gnothaichean ficsean-saidheansail gun sgur. Còmhla a fhritheileadh iad na conventions is a bhogadh iad iad fhèin sna h-aon leabhraichean. Sna h-aon irisean. Sna h-aon fhilmichean. Fhad 's a mhair Morgan dìleas don chreideamh, bha

Ibbotson air soirbheachas a' chiad shreatha a chleachdadh mar dòigh gus an fhàradh-dreuchd a dhìreadh. Gus an sgaradh eatarra a dhèanamh iomlan b' e Ibbotson a fhuair a' chailin, Zara, san robh sùil aig an dithis aca; an aon chaileag a ghabhadh gnothach riutha. Cha robh na fathannan a bha air èirigh o chionn greis mun mhì-chòrdadh eatarra nam furtachd dha.

Feumaidh gur e adhbhar sònraichte a thug air Ibbotson an t-astar a shiubhal eadar oifisean leòmach, rùmail nam manaidsearan gu h-àrd dhan chill bhig aig Morgan san ìoslach. Choimhead Ibbotson mu thimcheall airson sèithir. Cha robh tè ann. Dh'fhan Duggan far an robh e.

'Morgan!' thuirt Ibbotson, 's e togail mala san dòigh sin a bha cho geasadach 's e na òigear ach a bha cho gòrach a' coimhead air fear leth-shean. 'Math d' fhaicinn a bhalaich!'

'Dè an droch naidheachd a th' agad dhomh an-diugh Ibbotson?' gheàrr Morgan a-steach air.

'Mm.' Thàinig Ibbotson a-null an taobh a bha Morgan is ghabh e suidhe air oir an deasg aige. 'Tha thu ceart. Cha bu chòir do dhithis sheann charaidean a bhith clì ri càch a chèile.' Las e siogaireat dha fhèin. Thug e sùghadh domhain air is leig e às sgòth thiugh smùid a-steach dhan t-seòmar. ''S duilich dhomh seo a ràdh,' thog e air a-rithist, 'ach chan eil cùisean a' coimhead ro dhòchasach dhuinn. Fhuair sinn na figearan as ùire. Tha na ratings air tuiteam gu mòr. 'S i an fhìrinn gu bheil sinn air fàs caran seann-fhasanta an coimeas ri ar co-fharpaisean.' Thog e Zaidacon bhon deasg. 'Seall airsan mar eisimpleir. Tha coltas biona-stùir air chuibhleachan air. Chan eil sinn a' dèanamh ceangal le daoine òga tuilleadh.'

'Ach tha stòraidhean math againn.' Strì Morgan gus

na faclan fhaighinn a chuireadh an cèill na smaointean buaireasach na cheann. 'Cha toir e cus obrach gus an ìomhaigheachd a chur ceart.'

Gun fhor do na faclan aig Morgan lean Ibbotson air. 'Rinn mi mo dhìcheall na h-ùghdarrasan a choiteachadh ach cha rachadh an cur far a' cho-dhùnaidh aca. Thèid an sreath a tharraing. 'S e an t-eapasod a chlàras sinn an-ath-sheachdain am fear mu dheireadh a bhios ann saoilidh mi.'

Bha là a' Bhreitheanais air beirsinn air Morgan. Bha e sona san t-saoghal bheag seo a chruthaich e dha fhèin. Ach, air an taobh a-muigh, dè dhèanadh fear leth-shean nach b' urrainn a bhith beò ach ann an saoghal na mas-fhìorachd?

'Dad as urrainn dhuinn a dhèanamh?' spliathartaich e.

'Dh'fheumadh sinn mìorbhail. Dh'fheumadh sinn sgeulachd iongantach a ghlacadh aire a' mhòr-shluaigh às ùr.'

Choimhead Ibbotson sìos air an uaireadair Rollex òir aige. 'Seall air an uair! 'S mithich dhomh falbh. Tha coinneamh agam.' Dh'èirich e agus, an làrach nam bonn, sin e air falbh.

Coinneamh, mo thòin! smaoinich Morgan dha fhèin. *'S ann a bhios e a' falbh gu lòn fada leannach aig Club a' BhBC no aig Curlers. Sin, no a' coinneachadh gu h-os ìseal ri aon de na caileagan às admin.*

Mar a theann àm lòin air dh'fhàs an t-aitreabh mu Mhorgan na bu riaslaiche. Bhon synthesiser Moog sa bhùth-obrach fuaime shìos an trannsa dh'èireadh an-dràsta is a-rithist galan leactronaigeach, mar ghlaodh creutair-fànais a' tighinn gu orgasm. Dh'fhosgail an doras aig Morgan às ùr agus troimhe thàinig creutair dhearcach uaine. Chuir a' chreutair bhuaipe a ceann a' toirt am follais an aodainn fhallasaich aig a' chleasaiche Bannerman. Bha coltas air an dà shùil air at aige gun robh iad gus leumadh a-mach às a chlagann.

'Chì sinn aig a chlub thu!' dh'èigh e air Morgan. Cho ealamh 's a bha e air nochdadh, sin e air falbh.

Thog Morgan Zaidacon bhon deasg aige. Ga thogail air a bheulaibh thuirt e ris: 'Tugainn. Thèid sinn a-mach cuairt.'

Le Zaidacon air a stobadh a-steach dhan phòcaid aige a-mach air an doras-cùil a ghabh Morgan is e a' toirt air gàradh nan lusan taobh thall an rathaid. Sin an t-àite dhan rachadh e nuair a bha fois-inntinn a dhìth air. Nuair a bha brosnachadh a dhìth air. Bha e gus gearradh thairis air Rathad na Bànrighinn Mairead nuair a chuala e guth bho chùlaibh.

'Morgan!' Dh'fheuch e air dearmad a dhèanamh air.

Dh'fhàs an guth na b' àirde.

'Morgan! Morgan!'

Thionndaidh Morgan agus sin Zara, a' bhean aig Ibbotson air a bheulaibh. Na cois bha Robbie, an gille aca.

'Nach buidhe gun do thachair sinn ri chèile mar sin.' Thug i snodha-gàire ghogaideach do Mhorgan. 'Nis. An dèan thu fàbhar beag dhomh a ghràidh? Feumaidh gun do dhìochuimhnich e a-rithist. Gun tug e gealladh dhomh gun coimheadadh e ris a' ghille aig àm lòin fhad 's a bha mi aig an fhiaclair. Cha bu chòir dhomh a bhith fada. Dìreach check-up a th' ann.'

'Tha mi a' dol dhan phàirc; gus m' anail a ghabhail,' fhreagair Morgan gu ro-aithghearr.

''S fìor thoil le Robbie a' phàirc.'

'Tha sgriobt agam ri choileanadh ro dheireadh an latha. Tha mi a' lorg fois gus cnuasachadh air. Tha mo cheann na bhrochan.'

'M' eudail thu.' Spàrr Zara a mac a dh'ionnsaigh Mhorgain. 'Thig mi gad iarraidh Robbie. Bi modhail! Cha bu chòir gum bi mi air falbh nas fhaide na cairteal na h-uaireach.'

Chàraich i pòg chlis air gruaidh Mhorgain is le sin bha i air falbh sìos an rathad. Choimhead an gille suas ri Morgan le sùilean cruinn breisleachail. Gun roghainn aige ghabh Morgan grèim air làimh air a' ghille. Chaidh iad thairis air an rathad is a-steach tro gheataichean greadhnach iarainn na pàirce. B' ann an uair sin a thòisich an sileadh. Thug Morgan sùil suas dhan speur. Bha neul dorcha a' teannadh orra, 's e a' draghadh cùrtair uisge trom na dhèidh.

'Tugainn!' dh'èigh Morgan air a' bhalach is, le roid aithghearr, rinn iad air doras an taigh-ghlainne mhòir, chruinn air am beulaibh. Bha iad dìreach air gearradh a-steach innte nuair a thòisich an drumaireachd throm air a' ghlainne umpa. Mar aon choimhead iad suas dhan dòm glainne crochte os an cionn is an t-uisge a' ruith na stiallan sìos air. Lean iad orra, seachad air a' pholl-èisg is ìomhaighean marbhair, sìos an trannsa glainne a lean a-steach gu dòm na bu mhotha a dh'èirich os an cionn mar mhullach teampall adharail. A' gabhail fasgadh foidhe bha co-thional de phlanndrais thiugh. Ghabh iad an staran a bha a' cuairteachadh na planndrais. Aig a' chiad bheing dhan tàinig iad shuidh Morgan sìos.

'Nis,' thuirt e ris a' bhalach. 'Feuch an dèan thu beagan cluiche.'

Thug am balach rudeigin às a phòcaid. Dèideadh a bh' ann a dh'aithnich Morgan mar an long-fhànais sin aig an t-sreath ùr Ameireaganach *Reulchuairt* a bha air a bhith cho soirbheachail do ITV. Theann am balach ri ruith mun cuairt, an dèideadh togte na làimh. Às a bheul thàinig sgreuch iargalta is e ag atharrais air fuaim nan einnsean. Choimhead Morgan a-steach dhan phlanndrais is dh'fheuch air ìomhaighean de charactaran coimheach a chruthachadh na cheann, cleas a bhiodh aige nuair a bha e gann a bheachdan. Bha oidhirp gun stà is sgiamh àrd a' bhalaich a' sìor bhriseadh a-steach air a smaointean.

Mu dheireadh mheath an culm aig a' ghille is rinn e suidhe air oir na beinge. Cha robh e an sin fada mus tàinig sgiùgan às. Gun rabhadh bhris breathas rànail air an uair sin a chrath a bhodhaig bho cheann gu chois. Dh'fhalbh na deòir sìos a ghruaidhean nan stiallan.

Dh'astaraich Morgan e fhèin bhon bhalach beagan is choimhead e mu thimcheall air gu frionasach. Choimhead am balach suas ri Morgan le sùilean prabach. Nuair a ghabh e ealla ris a' ghille, dh'aithnich Morgan ann beagan dheth fhèin mar a bha e aig an aois sa. An dòigh san robh na speuclairean trom aig a' ghille nan crochadh gu cam aig bàrr a shròine. An sgraing bheag sin aig ceann a shròine nach bu chòir a bhith air gnùis gille cho òg. Ghabh e truas ris. Thug e cofhurtachd dha san aon dòigh a b' aithne dha.

'Seall!' thuirt e. 'Seo Zaido a' tighinn.' Ghnog e a dh'ionnsaigh na planndrais.

'Dè? Cò?' ghlug an gille.

'Zaido! Tha e airson rudeigin innse dhuinn.'

''S e preas a th' ann!'

'Ah! Sin far a bheil thu ceàrr. Tha na th' ann an cùis an urra ri mar a choimheadas sinn oirre. Seall a-rithist. Am faic thu na sùilean cruinn uaine aige? Am faic thu an t-arial beag sin air cliathaich a chinn?' Thomh Morgan ri geug. 'An cluinn thu an guth gròcail aige? Dè thuirt thu Zaido? T-h-a f-h-i-o-s a-g-a-m f-a-r a b-h-e-i-l m-à-t-h-a-i-r R-o-b-b-i-e. An cuala tu siud?' Chrom Morgan a cheann a dh'ionnsaigh a' phris. 'Thuirt e gun d' fhuair e siognail. Às a' phlanaid aige fhèin. Planaid Otto. Chaidh a' Bhànrighinn Zara a thoirt am bruid an sin leis an aintighearna nimheil sin Santob. Gus impidh a chur air an Talamh gèilleadh ris.'

'Dè nì sinn?' Bha Robbie air sgur a ghal.

'Thèid sinn ga h-iarraidh. Tha Zaido air na h-einnseanan a chur gu dol mar-thà. Cuir ort do chrios-sàbhalaidh!' Leig Morgan air gun robh e a' teannachadh a' chriosa-shàbhalaidh aige fhèin is chaidh Robbie a dh'atharrais air.

Dh'èirich rumail maoimeach fodhpa is thog an long-fhànais chruinn, ghlainne aca bhon talamh. Bhrùth Caiptean Morgan air a' ghàd ri thaobh is luathaich an soitheach gu grad, a' fàgail na fàire air an cùlaibh. Sgèith neòil seachad air na h-uinneagan agus, ann an ùine nach robh fada, bha iad seachad air airse àile na cruinne is a-mach gu roinn nan rionnag.

'Cùm grèim!' thuirt Caiptean Morgan ri Oifigear Robbie. 'Tha sinn a' dol gu astar-fiaraidh.'

Phut Caiptean Morgan air a' phutan air a bheulaibh is chaidh am brat de rionnagan a chuairtich iad na ghleò. Bha iad mar sin greis, a' cumail grèim teann air na suidheachanan aca, mus tàinig an soitheach gu stad obann. Nuair a sheatlaig sealladh nan speur mu thimcheall orra dh'aithnich Caiptean Morgan is an t-oifigear aige air na grioglachan coimheach umpa gun robh iad ann am bad iomallach dhen domhain. Thàinig planaid thomadach am follais is i a' cur car mall mu lòsain an t-soithich. Cruinne lainnireach, chaoireach. Air a chùl chaog grian thar a gualainn tro àile dìobairteach na planaide, a' tilgeil gath-solais critheanach a-steach dhan dòm glainne.

Chuir iad air dòigh an soitheach-landaidh is theàrn iad gu uachdar na planaide. Thàinig iad a-nuas ann an seòrsa de dhlùth-choille is iad air an cuairteachadh le planndrais choimheach air dath phurpaidh an àite uaine mar as aithne dhuinn planndrais air an Talamh. Abair gun robh Zaido air a dhòigh a bhith air ais air a' phlanaid aige fhèin is an t-arial aige a' bogadh gu h-aighearach. Gun dàil chuir e dheth an ecso-chràimhneach aige, 's e gun dìth aige air gus a dhìon fhèin bho àilean cèin. Nochd às creutair mar mheanbh-dhìneasar le craiceann ioma-dhathach air is sùilean bàidheil cruinn. Am fìor Zaido!

'Abair faochadh a th' ann a bhith a' faighinn cuidhteas an rud nimheil sin,' thuirt Zaido. 'Tha e air a bhith orm fad bliadhna-solais gu leth, gun a bhith air a nighe fad na h-ùine sin. Am fàileadh a tha a' tighinn às!' Rinn an t-oifigear Robbie triutan gàire. Le sin thog an sgioba beag orra tron fhàs-bheatha thiugh a dh'ionnsaigh na daingnich aig Santob. An-dràsta is a-rithist ghlac iad grad-shealladh air creutair iongantach is i a' falbh aig astar tron duilleach. Air dhaibh an caisteal iargalta aig Santob a ruighinn chuir Caiptean Morgan an teileasgop aige gu a shùilean ach am faigheadh e sealladh na b' fheàrr air a' chruth a bha a' spaidsearachd mu na baidealan. Thug e dealbh do Oifigear Robbie air an ìomhaigh a bha fa-near dha.

'Uilebheist cruinn, grànnda. Craiceann ruadh air. Chan eil mòran fuilt air a cheann. Saoilidh mi gun do thuit e far a chinn gu a mhionach. Chì mi peall tiugh an sin. Tha gaoisidean, troigh a dh'fhaide, a' stobadh às a chluasan.'

Thog iad arm de reubaltaich am measg nan co-chreutairean aig Zaido is leotha sin nan cois thug iad orra an daingneach. Na cuireamaid an cèill gach car is tionndadh an lùib saoradh na Bànrighinn Zara bhon daingnich, oir is lìonmhor is toinnte iad sin. 'S e an aon phìos fiosa a dh'fheumas a bhith againn gun robh an sgioba an ceann greis air ais aig an t-soitheach-landaidh is a' Bhànrighinn Zara còmhla riutha. Bha an triùir luchd-talmhaidh dìreach gus a dhol air bòrd nuair a thàinig guth Zaido bhon cùlaibh:

'Chan eil mi a' tighinn,' thuirt e.

'Dè!' thuirt an triùir eile a dh'aona ghuthach.

'Tha mi gu bhith a' fuireach le mo cho-chreutairean gus an strì an aghaidh Shantob a thogail.'

Chaidh Caiptean Morgan an taobh a bha Zaido is thug e hug dha, 's e a' toirt a-steach faireachdainn neònach a chraicinn mhìn shleamhainn.

'Bidh ionndrainn mhòr ort,' thuirt e. 'Cò ghabhas d' àite?'

Ghnog Zaido a dh'ionnsaigh Oifigear Robbie. 'Tha coltas air an laochan sin gu bheil e tuilleadh is comasach m' obair a ghabhail os làimh.'

Dh'fhàs Robbie is Morgan mothachail air guth àrd boireannaich a' briseadh a-steach air saoghal na mas-fhìorachd.

'Robbie! Robbie! 'S e do mhàthair a th' ann. Nach eil thu airson m' fhaicinn?'

Thàinig Robbie thuige is ruith e a-null gu a mhàthair.

'Gu dè bha an dithis agaibh ris an sin am measg na planndrais? 'S math nach eil maor-pàirce san amharc. Bha mi gur lorg ùine nan ùineachan.'

Thug Morgan fhèin ceum a-mach às a' phlanndrais air ais dhan staran. Nuair a dhlùthaich e air Zara mhothaich e gun robh na sùilean aice reumail, dearg is coltas oirre gun robh i cuideachd air a bhith ri gal.

Shìn i làmh gu Morgan is bhean i ris air cùl a dhùirn.

'Tha mi duilich,' thuirt i. 'Mun a h-uile rud.'

'Seall, tha rudeigin agam dhuibh.' Shàth Morgan a làmh a-steach gu a phòcaid. A-mach aiste dh'èirich Zaido. Shìn Morgan gu Robbie e.

A' togail a' mhodail ghairm Robbie 'Feumaidh sinn cuidhteas fhaighinn de Shanntob.' Le Zaido grèimichte gu teann san dàrna làmh aige ghabh Robbie grèim air làmh a mhàthar. Thog an dithis orra an doras a-mach. Chuir Morgan fhèin car mun taigh-glainne a dh'ionnsaigh an dorais a-mach goirid nan dèidh. Air a shlighe seachad air a' bheing san robh esan is Robbie nan suidhe o chionn greis thàinig oibseact gu aire is e na laighe an sin aig ceann na beinge. An soitheach-fànais aig Robbie. Thog Morgan bhon bheing e. Air an dol seachad air poll nan iasg thilg e a-steach e.

Thug e sùil air an uaireadair aige. Bha an spòg rocaid na laighe air a' phlanaid Mearcar is an spòg rionnag-earbaill na laighe air a' phlanaid Bhèineas a' ciallachadh gun robh e còig mionaidean às dèidh dà uair mar-thà. Dh'fheumadh e greasad air. Bha sgeulachd aige ri coileanadh.

Glasadh-Inntinn

Tèarmann

4M X 4M: B' E sin meud an t-saoghail aig Arnold Nimmo. Bogsa meatailt. 100m os cionn ìre nan sràidean. Gun uinneag ann. Air a chuairteachadh leis na mìltean de bhogsaichean eile de a leithid. An siud 's an seo bhiodh corra dhuine fhathast beò annta, mar Arnold fhèin. Ach cha bhiodh dòigh ann faighinn thuca.

An robh e aonranach? Bha nuair a laigheadh e air a' bhobhstair san oisinn is a dh'èisteadh e ris an stoirm a' reubadh air oisinn a bhogsa 's e a' clisgeadh an-dràsta 's a-rithist gach triop a bhuaileadh oibseact a thog a' ghaoth anns a' chochall mheatailt. Air na h-oidhcheannan a thigeadh abhsadh air a' ghaoith leigeadh e leis fhèin a bhith air a thàladh le còmhradh uidheam an aitreibh a thigeadh thuige bho fad às, sìos trannsaichean is slocan gaothrachaidh: trùman lioft bathair, cuairteachadh socair nan gaotharan, sruthadh uisge tro phìoban. Tron crònanach buan dh'èireadh fuaimean uamhalta neo-aithnichte: turbhraich chasan, èigheachd fhann, caoineadh.

Sin nuair a shèideadh na h-ìomhaighean mar oiteag shamhraidh tro inntinn. Feur àrd a' suathadh ri ghàirdeannan is fàileadh milis dheth a' lìonadh a chuinnleanan, sgeò bhiastagan ag èirigh air iteag os a chionn, crochte san adhar ghorm; neulan a' balgadh gu h-athaiseach air fàire; blàths na grèine air a dhruim lom; sileadh fionnar air a ghruaidh shultmhor, a' fliuchadh fhalt; suathadh blàth a chraicinn. Bho àm gu àm shiubhaileadh aodannan tro na h-ìomhaighean mar sholasan fleòdrach, na sùilean aca a' dùr-choimhead ris le clachan-sùla fosgailte, san dol seachad, snodha-gàire orra, mus fhalbhadh iad à fianais. Chluinneadh e crònanaich guth às am beòil. Cha ghreimeachadh e air na faclan. Mar sin, air a shuaineadh le faireachdainn bhlàth a dh'èireadh bho oisinn doilleir na cheann, dh'fhalbhadh an cadal leis.

Airson 12 mionaidean aig 8.30 gach madainn leudaicheadh saoghal Arnold beagan mheatairean. Sin an t-àm a bha ceadaichte dha a sheòmar fhàgail gus a dhol a-steach dhan bhiadh-lann. No, gun duine ann a-nis a dh'innseadh dha dè bu chòir no nach bu chòir dha a dhèanamh, sin an t-àm a cheadaicheadh e dha fhèin a dhol ann, is fios aige gun robh gach diog a chuireadh e seachad taobh a-muigh tèarmann an t-seòmair aige na chunnart dha. Leanadh aonranachd ghnàthach na chois nuair a chuireadh e air an deise-dhìon aige is a rachadh e a-mach tron ghlais-adhair a-steach don bhiadh-lann oir san latha a th' ann cha robh duine ann a thigeadh na chuideachd an sin mar a b' àbhaist.

Cearbach. Bha iad uile air a bhith cho cearbach. Daonnan rud suarach air an dèanadh iad dearmad a chuir às dhaibh. Bhaidhsar nach robh air a dhùnadh gu ceart, ro aithghearrach ann a bhith a' faighinn tron ghlais-adhair, air neo cha robh iad air feitheamh gus am biodh am biadh aca air a sheasgachadh gu h-iomlan. Bha cuid dìreach air falbh air an toil fhèin; ag èirigh is a' coiseachd sìos an trannsa, gun comas aca tàladh an t-saoghail fhosgailte gu h-ìseal a dhiùltadh. Gun sgeul orra tuilleadh. B' e an fhalmhachd nan sùilean a bhiodh ag innse do dh'Arnold gun robh iad air an strì a leigeil seachad.

Sheasadh Arnold an sin tamall taobh thall na glaise-adhair, a' priobadh ro dhealradh caoir-gheal nan solas-fàis. Às a' ghilead thàrmaicheadh na tancaichean-bith ceithir thimcheall air far an robh na milleanan de chreutairean beaga a' riasladh mu phlanntrais is lìonanach sa chruinne-cè bheag aca fhèin fo ghlainne. Cha b' urrainn do dh'Arnold tuilleadh dearmad a dhèanamh air a' chrìonadh a bha air tighinn air an t-siostam. Bha greis ann bho theann cuid dhen phlanntrais sna h-ìrean a b' àirde air seargadh. Cha robh an ùir no na h-uisgeachan sna h-ìrean gu h-ìseal gluasadach mar a b' àbhaist – comharra gun robh na beathaichean a bha a' tàmh annta gann a bheòthalas. Aig an uidheam giullachd aig ceann nan tancaichean gheibheadh e a chuibhreann bìdh an cruth bhloca, is a-steach leis a' bhloca an uair sin don uidheam sgrùdadh-truaillidh is seasgachaidh. Co-dhiù bha an uidheamachd ag obair mar bu chòir gus nach robh cha robh fios aig Arnold. B' iad na dearbh rudan a chumadh beò e a chuireadh às dha. Dh'fhòghnadh dìreach aon bhaictear no bhìoras no bhloigheag rèidio-beò a bha air a shlighe a dhèanamh, seachad air an t-siostam-dìon a-steach don t-siostam-bìdh gus cur às dha. Nuair a rachadh Arnold a-steach dhan chubacail-ithe is a thogadh e a bhaidhsar cha robh tlachd an cois a chuid chnàimh is fios aige gun robh cunnart bàis an lùib gach greim. Leis a' chriomaig mu dheireadh air a slugadh gu neo-thoileach is balgam uisge sgleòthach bho thuba, ghlasadh e gu cùramach a bhaidhsar às ùr thar aodann. Trithead diog de dh'fheitheamh an uair sin gus an robh adhar truaillte a' chubacail air suathadh air falbh mus rachadh a leigeil air ais a-steach dhan bhiadh-lann. Mionaid eile taobh a-staigh na glaise-adhair gus a dheise-dhìon a dhì-thruailleadh is iomlaid a dhèanamh air an adhar a-staigh.

Air ais san tèarmann chuireadh e an deise-dhìon gu aon taobh sa phreas bhon tàinig i is tharraingeadh e an deise-abtaig aige às an ath phreas. Shlaighdeadh e fhèin a-steach innte, spòld mu sheach, gus an tigeadh coltas snàgair air.

Às a' chraiceann ùr aige stob an t-iomadh mothaichear mar bhòcan a bheireadh seachad gach gluasad aige don mhòr-choimpiutar. Leis a' mhasg-aodainn air a shlaodadh thar a shùilean dh'fhalbhadh an àrainn mu thimcheall air. Dh'fheitheadh e air nochdadh àrainn ùr. Cha b' fhada gus an tigeadh guth a' cho-làmhaiche ris an robh e an dùil tron ghrìogaig-chluaise. 'Arnold. Arnold! An tusa a th' ann? Fhathast an sin? Dùisg!' Thugadh Arnold crathadh dha fhèin.

Blàr

Shìos ann an àiteigin air na sràidean gu h-ìosal dhùisg inneal. Dh'èirich Arnold na sheasamh is shìn e a làmhan. Chuir e car de a cheann is dh'fhosgail e a shùilean a' toirt dha sealladh air saoghal sgriosta air a bhogadh anns a' bheagan solas-grèine buidhe a bha a' drùdhadh tro na sgòthan ceimigeach. Sgapte ceithir thimcheall air bha pronnas de chaitheamh-beatha a chaidh a thrèigeadh nuair a ghabh an sluagh orra na h-ionadan dìona: carbadan air an ceann dìreach, sanasan air tuiteam bho bhallaichean, spruilleach thogalaichean. Sgèith pìosan pàipeir is plastaig seachad air, nan seachran air a' ghaoith bhuain. Chluinneadh e bho gu h-àrd crònanaich an sgaotha shoitheachan a bha crochte shuas an sin, beagan os cionn a' bhrùthaidh-àile. Shuas an sin bha dream choigrich a' feitheamh a' chothruim aca air tairbheartas an t-saoghail aigesan.

Thog e air a' siubhal nan sràidean 's e a' cumail ris na faileasan, no air falach am measg an spruillich gus an d' fhuair e an t-àite a chaidh a shònrachadh dha leis a' ghuth na chluais, taobh a-staigh ìoslach taighe leagte. Air adhbharan tèarainteachd b' e àite-cruinneachaidh diofraichte a bhiodh aca a h-uile latha. Chrùb e sìos a-steach tro tholl ann an stiall choncraite a b' àbhaist a bhith na chabhsair. Sin an t-àite far nach biodh e aonranach tuilleadh, oir sin iad uile, a bhuidheann, is iad nan gurraban, air an soillseachadh san dorchadas ann an lainnir nan sùilean aca. Bha iad uile ann: Rabairt, Dimitri, Biyu, an dà Anna, Mayur, Zev, na bràithrean 'ic Thòmais, Virinda; cuid a bha ann bhon fhìor thoiseach, cuid a ghabh sa bhuidheann rè ùine. Sin far an robh dòchas Arnold a' tàmh am measg chàirdean, san t-saoghal chrìonta gu h-ìosal, oir sin far an robh cothrom aige fhathast caochladh a thoirt air a fhreastal. Bha an strì air a bhith leantaileach is millteach, ceart gu leòr. A-mach às an arm a chruinnicheadh bho thùs cha robh air fhàgail ach am buidheann beag luideach air a bheulaibh.

Ach bha adhbhar dòchais ann, oir bha tomhais de thuigse aca a-nis air an nàmhaid is na dòighean aige. Gach latha dh'fhàsadh iad na b' ealanta is na bu charaiche. B' ann le ìobairt nach beag a fhuair iad a-mach mu na laigsean anns an t-siostam-faire is mar a b' urrainn dhaibh a sheachnadh. Gach latha shiubhaileadh an sgioba tro na beàrnan, is iad an sealg air uidheam an dream gu h-àrd a bhiodh trang a latha 's a dh'oidhche a' toirt mùthadh air àrainn na planaide gus am biodh i freagarrach don bhith choimheach sin 's iad a' cur às don bhith dhùthchail, ag atharrachadh co-dhèanamh ceimigeach na h-àile is ag àrdachadh a h-ìre rèididheachd. Bhiodh an sgioba aig Arnold a-muigh an sin mar sealgairean Linn na Cloiche a' cladhach thuill dhan tuiteadh uidheam nàmhaid, no ag ullachadh ribe le càball a dhùineadh mu chas an uidheim ga leagail gu talamh, no a leigeadh às cudrom sgriosail air a mhuin mar seann bhus no spruilleach togalaich.

B' e duais na buaidhe do thaobh seach taobh sealbh air a' phlanaid. B' fheàrr le Arnold gun a bhith a' ceasnachadh an robh cothrom idir ann dhaibh, is fios aige gum biodh an strì ullamh aon uair 's gum beanadh cas nan coigreach ri talamh, mas e casan a bh' aca. Bha e riaraichte leis na buaidhean beaga a bhuannaicheadh iad bho latha gu latha. 'S dòcha gun robh buidhnean eile ann a-muigh an siud. Cho fad 's a chumadh iad a' dol bha teans aca.

'Na toir suas!' b' e sin a dhàn. 'Na toir suas!' Ach sa bheagan ùine a dh'fhalbh bha sin a' sìor fhàs nas doirbhe dha. Leis an fhìrinn bha e a' fàs sgìth. Cha robh an lùths ann a b' àbhaist. Bha na buillean fiosaigeach a dh'fhuilingeadh e a' toirt buaidh air ceart gu leòr, ach b' iad na buillean air a spiorad gach turas a rachadh caraid às an rathad a bu mhiosa. Bhiodh iad an sin maille ris aon latha. An ath latha cha bhiodh sgeul orra tuilleadh.

Dachaigh

Bha na fuaimean a' sìor fhàs nas miosa. Bha gaoth fheargach ag èigheachd air bhon taobh a-muigh an oidhche sin is i a' toirt crathadh air a' bhogsa aige. Dh'fhairicheadh Arnold na boltaichean a bha a' cumail a' bhogsa ris a' chòrr dhen ionad a' srèanadh foidhe is an dìosgail aca a' cur ri torman na gaoithe. Taobh a-muigh na glais'- adhair bha a' ghaoth ag ochanaich is a' caoineadh tro shlocan is trannsaichean, a' gluasad na h-uidheamachd annta, a' cruthachadh orcastra mì-rianail de ghusgal is ghleadharan. Nan lùib chluinneadh Arnold sgarraghal dòrainneach.

Bha sìochaint fada gun tighinn air aigne an oidhche sin ach, mu dheireadh, cha ghabhadh cadal a dhiùltadh na b' fhaide. Dhùin a shùilean is chaidh inntinn a shuaineadh le dorchadas.

Às a' chiaradh bha grian ag èirigh, a' blàthadh a chraiceann. Bha e air mullach cnocain. Foidhe shìn raon farsaing is abhainn a' sruthadh gu h-athaiseach troimhe. Mun abhainn bha creutairean dhan a h-uile meud is cumadh a' mireadh. Bha fhios aige gun robh na h-aodannan an sin air a chùl ged nach fhaiceadh e iad. A-nochd chluinneadh e na guthan. 'Thig còmhla rinn,' bha iad ag ràdh. 'Bidh thu sàbhailte.'

An ath mhadainn is e a' seasamh air taobh a-muigh na glais'-adhair bha iad an sin, dìreach mar a bha e an dùil: na h-aodannan – fir is mnathan, gillean is nigheanan, air am bàthadh san t-solas gheal is na sùilean cruinn aca a' dùr-choimhead air; snodhan-gàire maoth orra. Thàinig nighneag dha ionnsaigh is rug i air làimh air. Dh'fhalbh e mar sin nan cois, a' siubhal thrannsaichean, sìos lioftaichean is staidhreachan. Aig ìre na talmhainn bha an doras fosgailte is a' ghrian a' sruthadh troimhe. Bha am feur àrd a' suathadh ri làmhan is iad a' coiseachd suas an cnoc. Ghabh iad suidhe an sin, a' dearcadh air na h-annasan nàdair a bha sìnte romhpa. Tharraing Arnold anail dhomhain.

Siùbhlachain-Tìme

BHA MÀILI CLAOIDHTE. Cha b' e dìreach an obair fhiosaigeach an lùib a bhith a' clìoradh taigh-cruite a pàrantan a bu choireach. Na bu dùbhlanaiche na sin bha an obair-inntinn. Bha beathannan a pàrantan air fad air an tasgadh ann cho math ris an òige aice fhèin. Ris gach rud air an do bhean i dh'èireadh cuimhneachaidhean is faireachdainnean air am b' fheudar dhi smachd a chumail nan robh i gu bhith a' coileanadh a' ghnìomha taobh a-staigh na seachdain a thug i far na h-obrach aice. A-nis, leis an obair cha mhòr deiseil, fhuair i gun robh na faireachdainnean a' taomadh oirre nan tuil. Rinn i cupa tì dhi fhèin is thuit i a-steach gu cathair-uilne.

Ghabh i corra bhalgam tì is shìn a làmh a-mach dhan bhogsa san robh i air na seann leabhraichean-latha aice a ghlèidheadh. Thug i a-mach fear dhiubh. Bha faireachdainn neònach aice mar nach robh i na h-aonar is gu robh na gluasadan aice air an stiùireadh le làthaireachd neo-fhaicsinneach. Dh'fhosgail i an leabhar-latha agus air a beulaibh sin na faclan.

Tha gràin agam air Uncail Raghnall.

Bha a' ghràin sin follaiseach ann an cumadh eagach, robach nam facal. Air ball shiubhail Màili na h-inntinn air ais dhan latha a sgrìobh i sin. Ged a chaidh innse dhi gur e a h-uncail a bha anns an duine sheang le còta mòr luideach air a nochd aig doras an taighe an latha ud b' e coigreach a bh' ann dhise. Bha corra latha air a dhol seachad on a thuirt pàrantan Màili gun robh a h-uncail gu bhith a' fuireachd còmhla riutha greiseag. Cha do fhreagair an duine air a beulaibh air an ìomhaigh de uncail sultmhor, ruiteach le gàire air a bheul a bha aig Màili na h-inntinn. Còmhla ris bha boireannach air a h-èideadh ann an seacaid ghorm le grìogagan uaine mu h-amhaich is a falt air a phasgadh gu teann ann ann an ciutha aig cùl a cinn. Rinn iad uile suidhe mu bhòrd a' bhìdh le Màili na suidhe an uchd a màthar. Nuair a thug Màili plathadh suas air aodann an duine bha na sùilean aig a' choigreach fad às. Bha beagan crith na làmhan. Bhruidhinn bean nan grìogagan uaine riutha greiseag ann an guth mar ghuth tidseir ann am faclan nach tuigeadh Màili. Às a màileid thug i duilleag pàipeir a shìn i air a' bhòrd air beulaibh pàrantan Màili. Shoidhnich athair Màili am pàipear is dh'fhalbh am boireannach.

Na b' fhaide air an fheasgar nuair a chaidh Uncail Raghnall a laighe dh'fhaighnich Màil de h-athair: 'Carson a dh'fheumas Uncail Raghnall fuireach còmhla rinn?'

'Air sgàth… air sgàth gur esan mo bhràthair!' fhreagair a h-athair.

'Nach eil taigh aige fhèin?'

'Chan eil. An-dràsta.'

Bha Màili air ruith gu dìreach a-steach don t-seòmar-leapa aice is b' ann an uair sin a bha i air na faclan oillteil sin a sgrìobhadh a-steach dhan leabhar-latha aice is i a' brùthadh sìos air a peann gu trom, a' fàgail lorg nam facal air na duilleagan fodhpa.

Thionndaidh Màili an latha an-diugh dhan ath dhuilleig. Theann na seann chuimhneachaidhean aice air Uncail Raghnall air drùdhadh a-steach oirre.

An ceann latha no dhà chaidh Uncail Raghnall a chur a-steach dhan taigh-chùil aig bonn na h-iodhlainn, no 'Am Bàthach' mar a chante ris le pàrantan Màili, oir b' e sin a bh' ann gu o chionn beagan bhliadhnachan nuair a chaidh a sgeadachadh leotha gus a chur a-mach air mhàl do luchd-turais. An ceann ùine sheatlaig Uncail Raghnall an sin cho math 's a b' urrainn do a leithid seatlaigeadh ann an àite sam bith.

Ged a b' fheàrr le Màili nach robh an duine ann chan eil sin a' ciallachadh nach robh i a' gabhail beagan ùidh anns na cleasan neònach aige. Ged a dh'iarradh i cha b' urrainn dhi dearmad a dhèanamh orra co-dhiù is am bothan aige na laighe taobh thall na h-iodhlainn bhon t-seòmar aice. Ged nach robh obair aig an duine cha robh sin a' ciallachadh gun robh e dìomhain. Bu tric a chìtheadh Màili e is e a' gearradh a-null is a-nall le seann phìos uidheamachd no inneal na uchd a bha e air trusadh bhon bhiona aig cuideigin no bhon dump. Chluinneadh i air corra uair gliogadaich is glagadaich a' tighinn bhon bhothan air a mheasgachadh le brunndail an duine fhèin. Mionnan a' brùchdadh às an-dràsta is a-rithist. Bha taobh aig Uncail Raghnall ri plodraigeadh le trealaich. B' e sin a thug brìgh do a bheatha. An ceann ùine theann sgudail innealraidh ri càrnadh mun bhothan.

Ach dè bha e a' togail? Cha leigeadh sròn Màili aig fois i. B' fheudar dhi faighinn a-mach. Ach ciamar? Cha b' urrainn dhi dìreach coiseachd suas dhan doras aige is gnogadh air. An àite sin theann i ri dlùthadh air an taigh aige is i an ceann gnothaich mas fhìor air choireigin – gus sùil a thoirt air na h-uain sa chrò aig cùl an taighe, no gus uisge a thoirt don ghlasraich san taigh-ghlainne aig a màthair. San dol seachad bheireadh i sùil os ìosal, tro lòsain duslach a' Bhàthaich ach am faigheadh i aiteal dhen duine a-staigh ann. Sin mar a thòisich seòrsa chleasachd eatarra. Ise a' toirt grad-shealladh airsan. Esan a' toirt sùil shiùbhlach oirre mar fhreagairt.

B' esan a fhuair a' chiad fhacal. Bha Màili a' siabadh

seachad air a' bhothan nuair a chuala i a ghuth. Nuair a thionndaidh i, sin an duine na sheasamh eadar dà bheul an dorais le frioghain bhreaca mu smiogaid is a ghruag a' dol gach uile taobh. Bha e a' tomhadh le corrag stobach air oibseact a bha a' laighe faisg oirre.

'Sin agad e,' thuirt e. 'Fhios agad dè a th' ann an sin?'

Sheall Màili sìos air an oibseact. B' e seann Hoover a bh' ann.

'Hoover,' fhreagair i.

Rinn an duine casadaich ghaganach. 'Sin far a bheil thu air do mhealladh.' Dhlùthaich e corra cheum air a Hoover. ''S e a th' ann an seo ach *Iomainear*.'

Dh'fhan Màili na tost gun gluasad.

'Seagh, *Iomainear*. Agus dè a th' ann an *Iomainear* ach uidheam beag a bheir cù a-mach cuairt. Cò leis nach toil cuilean? Cuiridh mi geall ort gur toil leat fhèin cuileanan. Tha mac an duine cho dèidheil air beathaichean. Ach 's e an trioblaid gu bheil mac an duine cho trang san latha an-diugh is nach eil tìde aca coimhead às an dèidh. Seo agad am fuasgladh: *Iomainear*. Ach 's e a tha nas innleachdaiche na sin oir tha mi air a phrògramadh gus àithntean a thoirt seachad. STAD! SUIDH! THIG A-STAIGH!' dh'èigh e.

Thug Màil leum beag aiste is thionndaidh i gus falbh. Ge b' oil leatha bha fiamh-ghàire air a h-aodann.

'Agus an salann sa bhrot,' thàinig guth Uncail Raghnaill às a dèidh, 'bidh e a' sùigheadh air falbh a h-uile biod chac a dh'fhàgas an cù na dhèidh.'

Nas fhaide dhan t-seachdain is Màili a' dol seachad air taigh a h-uncail b' e an aon duan a bha aige dhi.

'Fhios agad dè a th' ann an sin?'

Lean sùilean Màili corrag an duine gu colbh de phìosan innealraidh air an tilgeil gu neo-chùramach air muin a chèile. Bho cheann a' chuilbh chroch gu claon inneal cearcallach le proipeilearan plastaig air.

Dh'fhuirich i greis gus an tàinig am facal thuice. 'Chan eil ann an sin ach seann dròn briste,' thuirt i.

'*Suirghear*. 'S e a th' ann an sin. Bheil bràmair agad?'

Dh'fhairich Màili na gruaidhean aice a' ruadhadh.

'Saoilidh mi nach eil, fhathast,' lean esan air, 'ach thig an latha. Is nuair a thig, sin an dearbh inneal a bhios a dhìth ort. 'S e sin an t-inneal a bheir buaidh dhut. Inneal a dh'fhalbhas air iteag gu taigh do chèile is a dh'fhanas an sin ag aithris bàrdachd no a' seinn òran gaoil.'

'Nach eil thu gu bhith a' faighneachd dhìom mar a chaidh leis an *Iomainear*?'

Choimhead Màili suas ris.

'Dè?'

'*An t-Iomainear*. Cuimhnich, an t-inneal sin a thèid cuairt le coin.'

'OK, ma-thà. Ciamar a chaidh don *Iomainear*?'

'Och! A bhròinein. Is duilich leam innse mar a thachair. An àite *an t-Iomainear* ag iomain a' choin, nach e an cù a dh'iomain *an t-Iomainear*. Coinean as coireach, an dearbh choinean a ruith fo shròn a' choin is a thug air ruith air a thòir.'

Corra latha às dèidh sin is thog Màile de mhisneachd a leigeadh leatha dol a dh'fhaighneachd ciamar a chaidh don *t-Suirighear*. Le dà ugh paisgte na làmhan air an trusadh bho chrò nan cearc is i a' dol seachad air bothan a h-uncail, air thuiteamas mas fhìor, stad i is, gun a sùilean a thogail, thuirt i:

'Saoil ciamar a chaidh don inneal agaibh an turas sa?'

'Dèan suidhe tamall a ghràidh is innsidh mi dhut dìreach mar a thachair.'

Chàraich Màili na h-uighean gu cùramach am broinn

seann phoit a bha na laighe ri taobh doras taigh a h-uncail is rinn i suidh air leac an dorais ri taobh a h-uncail a bha na shuidh air seann sèithir-gàrraidh mheirgeach.

'Sgeul duilich a th' ann,' lean a h-uncail air. 'An tidsear a th' agad. An dearbh bhean-phòsta Mhoireastan. Mòrag Mhoireastan. Nuair a chuir mi an suirighear ga h-ionnsaigh a sheinn *Gur milis Mòrag* dhi, fhios agad dè an rud a rinn i?'

Ghnog Màili a ceann.

'Nach i a thog sguab is a bhuail às an adhar e, ga fhàgail na spealagan air an talamh.'

Leig Màili braoisgeil aiste.

'Dè an an ath rud agaibh ma-thà?'

'Nach math gun do dh'fhaighnich thu sin dhìom.' Rùraich e am pòcaid a sheacaid. 'Fuirich gus am faic thu seo.' A-mach aiste thàinig seann fòn-làimhe.

'Dhutsa chan eil ann an seo ach fòn-làimh. Ach chan eil seo na fhòn-làimh àbhaisteach. Chan eil na.' Thog e am fòn gu a shùil mar gun robh e a' togail deilbh le camara seann-aimsireil. 'Saoil carson a thogas sinn dealbh?'

Dhruit Màili.

'Tha gus cuimhneachaidhean a dhùsgadh. Tha fradharc cudromach ceart gu leòr ach dè am feart as motha a dhùisgeas cuimhneachaidhean? Feart an fhàilidh.' Chomhartaich Uncail Raghnall. 'Am fairich thu sin?' Shnotraich Uncail Raghnall le sròn thogte. 'Fàileadh an arbhair air ùr-bhuan. Sin am fàileadh a bheir air ais mi gu làithean m' òige. Mise is d' athair is do sheanair nach maireann, Dia ga bheannachadh, a-muigh sna h-achaidhean le tractar air oidhcheannan fada samhraidh. Seo agad *Fàile-fòn*. Fòn a thogas fàileadh aig an aon àm 's a thogas e dealbh.'

Agus corra latha às dèidh sin dh'ionnsaich Màili mu mar a chaidh don *Fhàile-fòn*.

'Dh'obraich e,' a rèir Uncail Raghnall. ''S e an trioblaid gun do dh'obraich e cus ro mhath. Nach mi an dearbh amadan a leig braim aig an aon àm 's a thog mi an dealbh.'

Ge b' oil leatha fhuair Màili gun robh a bodhaig na crith le frith-ghàireachdainn.

Thar duilleagan nan seachdainean a lean chaidh a thoirt am follais às ùr do Mhàili an dàimh a bh' ann eadar i fhèin is a h-uncail. Bu tric a bhiodh an dithis aca an cuideachd a chèile an tac doras a' bhothain aig Uncail Raghnall is iad air falbh an saoghal na mas-fhìorachd. Fhad 's a bhiodh pàrantan Màili cus ro thrang, is iad a' dèiligeadh ris an t-saoghal fhìor, bhiodh daonnan cluas aig Uncail Raghnall do naidheachdan Màili. Agus nuair a bhiodh rudan beaga buaireasach a' cur dragh oirre, mu na caraidean sgoile aice, no na tidsearan aice, no fiù 's mu a pàrantan, bha fhios aice gum b' urrainn dhi tarraing a thoirt orra an cuideachd a h-uncail is gum biodh rudeigin aige ri ràdh ris nach biodh i an dùil 's a thogadh a misneachd. Ged nach biodh a h-uile mìr chomhairle a bheireadh e seachad 's dòcha cho glic sin no fiù 's ciallach, b' ainneamh nach biodh snodha-gàire air a h-aodann às dèidh dhi bruidhinn ris. Chan eil leigheas nas fheàrr ann na gàire.

Tha Uncail Raghnall na Shiùbhlaiche-Tìme.

Bha snodha-gàire air aodann Màili a-rithist nuair a leum na faclan sin às an leabhar-latha aice is a chuimhnich i air a' bheart-tìme aig a h-uncail. Bha esan air a bhith fo sprochd fad beagan ùine ron a seo. Bha e cuid mhath dhen ùine glaiste a-staigh sa bhothan aige is nuair nach robh bha e dùinte a-staigh ann fhèin gun fhacal no sùil do Mhàili. Ach bha dòigh aig Màili faighinn mu thimcheall. Disathairne a bh' ann is pàrantan Màili a-muigh sna h-achaidhean mun chroit. Sheas Màili taobh a-muigh bothan a h-uncail.

'Uncail Raghnaill!' dh'èigh i a-steach ann.

Freagairt cha tàinig gin.

'Uncail Raghnaill!'

Sàmhchair. An àite aslachadh b' fheàrr dhi tàladh fheuchainn.

'Saoil dè as adhbhar don inneal seo?' Bhruidhinn i ann an guth socair, mar gun robh i a' bruidhinn ris na cearcan a bha a' rùrachadh mun iodhlainn. 'Feumaidh mi cuideigin a dh'innseas dhomh fàth an rud seo.' An ceann greiseag sin Uncail Raghnall na sheasamh eadar dà bheul an dorais.

'A bheil fhios agad dè a th' ann an sin?' thàinig guth às a chruth fhaileasach. Ghluais e a-mach gu solas an latha is thog e am maide meatailt le gàdaichean a' stobadh a-mach às a bha na sheasamh an tac a' bhalla.

Bha rudeigin caran eòlach mu dheidhinn ach dè a bh' ann? Thàinig rudeigin gu Màili tro sgleò a cuimhne.

'Caman pogo. 'S e sin a th' ann. Nach e?'

''S e is chan e. 'S e rud a nì leumadaich gu dearbh ach, chan ann tro spàs, no bho àite gu àite, ma thogras tu. 'S e sin rud a nì leumadaich tro thìm. Le aon leumadaich bheag bidh thu air ais am measg nan dìneasar. Le leum eile bidh thu a' siubhal tro na speuran ann an soitheach-fànais.'

'Ach ciamar?' Thug Màili sùil ghòrach air a h-uncail.

'Fan mionaid,' thuirt Uncail Raghnall is le sin dh'fhalbh e a-steach dhan taigh. Thill e an ceann greiseag le leabhar-nòtaichean san dàrna làimh aige is peann san làimh eile.

Rinn e suidhe san t-seann shèithir mheatailt is dh'fhosgail e an leabhar-nòtaichean aig an duilleig mu dheireadh. An sin rinn e dealbh san oisinn ìochdaraich de dhuine-maide. Thionndaidh e an uair sin dhan dàrna duilleig fa dheireadh is rinn e fiogair eile an sin. Lean e air mar sin, a' dol tro na duilleagan, gus an d'ràinig e a' chiad duilleag le meanbhdhuine air a dhealbhadh air oisinn gach duilleag. An uair sin thog e an leabhar air beulaibh Màili.

'Seall seo!' Le siabadh òrdaige aige phiobraich e na duilleagan fa chomhair Màili. Rinn am fiogair orra dannsa beag sgiobalta. 'Nis, tha an duine beag ud na shiubhal tro thìm, ach fhathast san aon àite. Can nan robh thu airson siubhal gu àite sam bith air an t-saoghal – Delhi, Ougadougo, Ulaanbaatar, Tegucigalpa, P'yong Yang no N' Djamena – bheireadh sin ùine nach beag nach toireadh? Chan ann mar sin a tha tìm. Tha gach tiotag a bh' ann is gach tiotag a bhios ann beò san dearbh tiotaig sa bheil sinn fhèin beò. 'S e an aon rud a dh'fheumas sinn a dhèanamh gus siubhal tro thìm leumadh bhon aon duilleag gu duilleag eile. Agus sin far an tig an *Leumadaichear-tìme* a-steach.' Thog e am maide-pogo bhon bhalla is chrath e na làimh e.

B' ann goirid às dèidh sin a chaidh Uncail Raghnall a dhìth. Bha na poilis is na maoir-chladaich air a bhith fad làithean a-muigh ga shireadh. Nochd postairean duine-a-dhìth feadh uinneagan is phuist-lampa. Bha pàrantan Màili troimhe chèile. Gu dearbh, bha a h-uile duine san àite troimhe chèile fad greis. A h-uile duine ach Màili. Nuair a thug ise sùil mu thimcheall a' bhothain aig a h-uncail cha robh sgeul air an *Leumadaichear-tìme* ann. Nuair a thug i sùil air an taobh a-staigh cha robh sgeul air an sin nas motha. Thuig ise, gu dearbh dh'fhairicheadh ise, gun robh Uncail Raghnall fhathast faisg oirre ged a dh'fhaodadh e a bhith fad air falbh ann an tìm.

Cha d'fhuairear lorg a-riamh air Uncail Raghnall. Tro na bliadhnaichean a ghluais beatha Màili air adhart gu obair ann an Lunnainn, cèile is teaghlach, bha a cuimhneachaidhean air Uncail Raghnall air meathadh. Ach mhair spiorad an duine maille rithe.

Dhùin Màili an leabhar-latha is chaidh i mach dhan iodhlainn gus a h-anail a ghabhail is an oidhche reultach a mhealadh. Dh'fhairich i an làthaireachd sin fhathast na cuideachd is i ga leantainn air a sàil. Air a beulaibh, nuair a dh'fhosgail i doras an taighe, bha sgiob na laighe am meadhan na h-iodhlainn, is a h-uile pìos treallaich a bha sgapte mun iodhlainn a-nis taisgte na bhroinn. An oir a sùla mhothaich Màili gu stiall solas na gealaich air a glacadh le oibseact a bha na sheasamh an tac balla a' bhothain. Feumaidh gun robh i air rudeigin a chall. Nuair a dhlùthaich i air thàrmaich feartan a' mhaide-phogo às an dorchadas, na gàdaichean gu h-àrd is gu h-ìosal, an àrc rubair aig a' bhonn. Thog i na làimh e. Bha am peant leusaichte is garbh air a craiceann.

Cheumnaich i a-null dhan sgiob. Bha i fad ùine na seasamh ri taobh is an *Leumadaichear-tìme* grèimichte na làimh mus do shad i a-steach innte e.

Seanchas an Radain mu Dheireadh don Duine mu Dheireadh

B' IONGANTACH DHOMH E gum fàsainn sgìth de bhlas feòil an duine. Sin às dèidh nan iomadh gealach a chuir mi seachad ga mealadh. 'S mi a mheal gu dearbh, is rogha a' bhìdh sin cho pailt 's nach ithinn ach an cuibhreann as fheàrr dheth aig an àm shona, shuaimhneach sin. Bun-cluaise mac an duine: sin biadh dhut air nach toirear bàrr. Milis le cùl-bhlas coltach ri ìm a' leaghadh nad bheul. Chun an latha an-diugh thig am blas cùbhraidh sin gu mo theanga cho luath 's a smaoinicheas mi air. Blas; tha sin cudromach, ach nuair a ruigeas tu ìre a' chonnoisseur bidh thu a' sùileachadh barrachd, is tu a' siubhal biadh a dhùisgeas gach uile feart annad. Mar as fhiosrach do gach gastronome is gourmet, tha dath, cruth, is faireachdainn a cheart cho cudromach, nach canadh tu? Seall mar eisimpleir air bòidhchead clach-sùla do ghnè-sa. Mar sheud loinnearach air a sheatadh ann am bàl puirsteil a chuireas fo sheun thu is an t-sùil agad fhèin a' coimhead a-steach innte. Agus na meadhan, an toll dubh: doras gu d' anam, oir nach tu an aon chreutair a fhuair a leithid – no an e falamhachd a chì mi ann? No olc? Ifrinn fhèin?

Sin agad feusta do dh'fheart an fhradhairc. Fradharc na fheusta don t-sùil. Sùil na feusta don fhradharc. Ach nas fheàrr na sin 's e am biorgadh a gheibhear nuair a leaghas d' fhiaclan a-steach don fheòil is a dhrùidheas an sùgh na bhroinn a-steach gu do bheul, a' dùsgadh do theanga le bhlàths saillteach.

Gabh mo leisgeul mas ann ri brolais a tha mi. Sin agad ar gnè, a bhith ri gobaireachd. Goileam is gliongadh fhiaclan, sinn ri ruith is riagail air muin a chèile, a' sgròbadh is a' bìgeil. Gun chompanach agam a chumas claisneachd rim bheulas, is tusa a gheibh làn mo sheanchais.

Am mionach. Mionach sultmhor. Mionach maoth. Fhathast blàth. Àgh! Innsidh mi dhut na th' ann an àgh: sin a' mhòmaid a bhriseas tu a-steach tro chraiceann, saill is fèith is a shnàmhas tu tron lag ronnach; air do dhalladh le lionn fala is gaorra; air d' iomain le do shròn a' siubhal nam fìnealtasan a lorgar am measg a' chlàbair. Cridhe, àirnean, grùthan.

Agus an salann air a' bhrot 's e sin blas an dìoghaltais. Dìoghaltas airson a h-uile mì-ghnìomh is geur-leanmhainn a rinn do leithid-sa air mo leithid thar linntean. Bheir e cràdh thar thomhais dhomh chun an latha dhìblidh seo fhèin, nuair a smaoinicheas mi air mo dhlùth is mo dhàimh a chailleadh aig ur làmhan: air am puinnseanachadh, air an leagail le urchair no coin, air an glacadh ann an ribe is air am fàgail an sin gus an grod iad. Innsidh mi seo dhut: cha bu bheag ar gàirdeachas nuair a chrìon sibh is a shoirbhich leinn dha rèir. Am pailteas a bh' againn an uair sin! Na cuirp agaibh gan càrnadh air an tìr, ag ath-chruthachadh na cruth-tìre le toman is claisean feòla. Aibhneachan fala a' sruthadh tromhpa. Agus sinne mar mhuir beò a' falbh air fheadh a' gabhail ar leòir, ar n-àireamh cho mòr 's nach gabhadh i cunntadh.

Nar n-inntinn bhiodh na làithean buidhe sin buan is sinn fon daoraich air ur feòl, a' sìor fhàs reamhar, a' sìor fhàs leisg. A' toinneamh ann am frògan, a' mireadh 's a roiligeadh, a' gabhail norraig dòmhlaichte nar cuanalan pràmhail. Ach tha fhios agam a-nis, le bhith a' coimhead air ais, gu bheil freastal na mheadh a thèid a chothromachadh ri ùine. Bhiodh dìol air ar sonas. A dh'aindeoin 's cho lìonmhor 's a bha ur dream thigeadh crìoch fiù 's air ur n-àireamh-se. Agus sin mar a thachair. Gun do theirig an stòras, is ar sàimheachd mar an ceudna. Creid mi nuair a chanas mi nach robh aon tlachd ri fhaotainn bhon fheòil fhuair lobhte air an robh sinn beò bhon an uair sin, an coimeas ris an fheòil bhlàith ùir a bha nar cuid dhligheach roimhe nar beachd.

Bu truagh e mar a b' fheudar dhuinn tilleadh gu na seann chleachdaidhean: sporghail tro òtrachas is spruilleach. Ach cò a chruthaich sin ach thu fhèin is do cho-chreutairean, agus mar a shìol sibhse às shìol is sinne nur dèidh. B' ann an uair sin a chuir mi eòlas air an fhìor dhòrainn is sinn a-nis beò air feòil càch a chèile. B' iad an fheadhainn a bu treasa a-mhàin a mhaireadh. Duilich a chreidsinn gun robh mi fhèin air an àireimh, is mi cho dìblidh a' coimhead an-diugh. Seall mar a tha mo mhionach a' stiogadh ri cnàmh mo dhroma, m' asnaichean ris is mo chraiceann a' tuiteam bho mo chnàmhan mar seann bhalg leathair.

Dè a tha mi a feuchainn ri ràdh riut? Tha fhios gu bheil teachdaireachd air cùl mo sheanchais ach gu bheil i aindeonach dealachadh ri mo theanga. Ma thilgeas mi a-mach mar smugaid i? Ma thrusas mi na tha air fhàgail de mo neart is ma chàraicheas mi mi fhèin air do chùl is a shnàigeas mi suas do dhruim gu do chluais? Gabh mo leisgeil ma dh'fhuilingeas tu bior mo spuirean san dol suas. A' gliogadh thar d' asnaichean, gan cleachdadh mar fhàradh gus còmhnard do ghualainn a ruighinn. Sin e. Sin e. Am bi neart agam a leigeas leam seasamh air mo chasan-deiridh gus toll do chluaise a ruighinn? Am faigh mi air cagar a chur ann?

'Tha mi duilich.'

Tha sin nas fheàrr. Cuidhteas an droch bhlas nam bheul is nam chridhe. Tha aithreachas na dhìteadh; nas miosa na binn. Chan eil fhios a bheil mòran fàth san t-seanchas agam a-nis. Ro anmoch 's dòcha. San staid sa bheil thu chan eil coltas gu bheil m' fhaclan a' ruighinn d' aigne. Ach leis an fhìrinn chan ann dhuts' a tha mi a' leigeil bhuam an cuideam, ach às mo leth fhèin, is às leth mo ghnè.

Agus dè as adhbhar dhan dùsgadh cogais obann seo annam? Gu cinnteach 's e sin a' cheist a bhiodh agad dhomh nam biodh comas labhairt agad fhathast. Soilleireachadh, sin an t-adhbhar saoilidh mi, oir 's e sin an rud a thig le èiginn; nuair a chì thu do chor air a lomadh gu a bhunait. Thàinig thugam an t-eòlas a bha bho riamh fa-near dhomh ach air am b' fheàrr leam dearmad a dhèanamh, sin gu bheil thusa is mise an eisimeil air a chèile a dh'aindeoin nan linntean de ghràin is còmhstri eadarainn. Gu bheil sinn air ar ceangal le bannan nach gabh briseadh. Thàinig sinn beò maille ri chèile. Ri chèile a dh'fhalbhas sinn. Bha an dearbh mhòmaid seo a-riamh nar dàn.

Feumaidh gur e an neart a chaith mi gus faighinn an seo, ach tha mi a' tighinn fo bhreislich is an saoghal a' snàmh umam. Na h-ìomhaighean aithghearr a' boillsgeadh romham: seann chàirdean, an saoghal mar a bha, ro sgrios is lèirsgrios. Na sràidean is na cùl-shràidean a ruith sinn, cùlbhartan, claisean, cùlaistean, tro bhallaichean, fo ùrlaran. A h-uile rud a tha gus falbh bhuam. Agus an tlachd thar chàich: biadh. A h-uile greim air an d'fhuair mi grèim na leug dealrach romham.

Agus aig teas-meadhan sin, bun do chluaise. Sultmhor fhathast a dh'aindeoin seargadh do chruth. Milis le cùl-bhlas coltach ri ìm a' leaghadh nad bheul.

A charaid. Mo charaid mu dheireadh. Gabh mo leisgeul airson na tha mi gus dèanamh.

Bogsa Fòn

Gleann Comhainn

Dods
Bidean Nam Bian Gleann Comhainn Wobbly Wombat Hard V Diff 8mh Giblean?

Sgugs
Toirbheartan?

Dods
Nah Rinn sinn Toirbheartan an-uiridh nach do rinn?

Sgugs
OK Glen Comhainn ma-thà

Dods
Mudder an dèan thu an gnothach air sin?

SIN AGAIBH NA teachdaireachdan WhatsApp a chuir gu dol an sreath de thachartasan neònach a dh'fhàg gu bheil mi fhathast an seo gus an stòraidh innse dhuibh.

Buidheann *Na Hangers On* a bh' ann. Cha bheag an togail a thug brath bho mo sheann charaidean sreapa dhomh. B' ainneamh a gheibheadh sinn a-mach a shreap san latha a bh' ann is sinn uile le dleastanasan teaghlaich is obrach. Sinn uile air an sgapadh air feadh na dùthcha. Cho fhad 's a rachainn a-mach a shreap air corra uair sa bhliadhna rachainn air cumail a' dol leis a' bheatha stòlda agam mar mhàthair is tràill tuarastail. Bha mi feumach air dòs aidreanalain an-dràsta agus a-rithist gus fios a bhith agam gun robh mi fhathast beò. Thaidhp mi a-steach:

'S mi a nì!

Ach, mus tig sinn gu Gleann Comhainn, 's fhiach beagan innse mu cò dìreach a bh' ann sna *Hangers On.*

***

Reubaltaich sreapa, sin a bh' annainn. Ro bhras is ro fhada nar cinn gus gabhail ann an club sreapa oifigeil aig Oilthigh Obar Dheathain, far an robh sinn uile nar n-oileanaich, nach robh ag amas ach air sreapan furasta. Chuir sinn air dòigh buidheann neo-oifigeil dhuinn fhèin. Rugadh mar sin *Na Hangers On*. Gus cur ri ar n-ìomhaigh reubaltach thug sinn na far-ainmean sin oirnn fhèin: Dods, Scugs agus mise: Mudder (air sgàth mar a thuit mi anns a' pholl is sinn a' tilleadh o latha sreap). Aidh, agus Scar, sin mo dhuine, Anndra còir, a sguir a shreap o chionn dà bhliadhna is nach eil tuilleadh mar phàirt dhen bhuidheann. An robh e neònach dhomh a bhith mar an aon bhoireannach ann am buidheann de dh'fireannaich? Cha robh na bloigh! Chan eil diù a' choin aig a' chreig do ghnè. 'S e an aon rud a dh'aithnicheas i comas sreap is a thaobh sin bha mi a cheart cho comasach ris na balaich.

Bha sinn òg is meanmnach an uair sin. Cha robh dùbhlan ann nach gabhadh sinn os làimh agus choisinn sinn cliù nar latha son ar cuid urrantachd, no gòrachd mar a chuireadh cuid an cèill e. Choilean sinn slighean nach deach a shreap roimhe is chuir sinn ar n-ainmean riutha. Tha leithid Dod's Drop, Mudder's Madness agus Sgug's Ugly Bug air am meas, chun an latha an-diugh, mar chuid de na slighean sreap às dùbhlanaiche a lorgar air beanntan na h-Alba.

Ach, a Dhia orm, nach ann a bha tìde air ruith oirnn cho luath on uair sin. Agus cha b' ann leatha fhèin a thàinig an aois ach le crìonadh spionnaidh is beagan cuideam far nach robhar ga iarraidh. Cha robh duine seach duine againn aig nach robh ballrachd don gym no beart-eacarsaich san t-seada mar shamhla don mhiann againn cumail fiot ach cha b' e sin a bu dàn dhuinn ach uairean fada obrach no coileanadh dhleastanasan teaghlaich. Ged a bha sinn nar cinn a cheart cho dàna 's a bha a-riamh, leis an fhìrinn bha sinn uile ann an cunnart a dhol bog.

* * *

Bha mi san àite-pàrcaidh ann an Gleann Comhainn air toiseach air càch, mar bu ghnàth dhomh. Bu mhath leam an àrainneachd mu thimcheall orm a thoirt a-steach is tìde a bhith agam leam fhèin gus mi fhèin a rèiteachadh mus cuirinn aghaidh air a' bheinn. Bha mi dìreach air mo bhòtannan sreap a chur orm nuair a chuala mi a' ghliogadaich fhann air a giùlan air an oiteig. Chrath mi mo cheann, ach nuair a stad mi bha an fhuaim fhathast ann. Cha b' urrainn dhomh a leigeil seachad. Dh'fheumainn faighinn a-mach cò às a bha i a' tighinn. Thug an tòir air tùs na fuaime mi sìos am bruthach aig cùl an àite-phàircidh is thairis air bad badanach mhòintich foidhe sin gus an do ràinig mi stiall tearra briste. Seann rathad tron ghleann saoilidh mi. Chuir mi car de mo cheann a choimhead an taobh a bha an fhuaim a' tighinn is b' ann an uair sin a thàinig an seann bhogsa fòn pìos beag shuas an rathad uam gu m' aire. Chaidh mi a-null thuige.

Cha b' e an seòrsa bogsa dearg grinn a chithear air cairtean-puist no filmichean a bha fa-near dhomh. B' e seo colbh buntach de stàilinn is glainne. Bha àm ann, sna h-ochdadan 's dòcha, a bhiodh coltas sgèimheil air a leithid air sràid baile-mòr ach bha am bogsa seo truagh a' coimhead is às àite. Bha a chuid stàilinn eadar na h-uinneagan air a ballachadh le stùr is bha lòsan a dhìth. Bha spealgan glainne sgapte mun làr. Le spàirn dh'fhosgail mi an doras trom. Bha an taobh a-staigh làn smodail is cac eòin. Air sgealp beag fon mhullach bha nead eòin trèigte na chrochadh. Thog mi an seata-làimhe is chuir mi gu mo chluais e. Bha an loidhne fann is briste ach tron ghnagail chuala mi guth taibhseil. Guth èiginneach boireannaich a bh' ann. Feumaidh gur e rudeigin neo-riaghailteach a thachair air an loidhne. B' e sin mo chiad smaoin. Loidhne chroisgte no rudeigin dhen t-seòrsa. Ach dh'fhairich mi gu dian gur ann rium fhèin a bha an guth a' feuchainn ri bruidhinn. A thuilleadh air sin bha rudeigin car eòlach mun ghuth. Cha dèanainn a-mach facal dhen aslachadh aice.

Halò! Halò! Dh'èigh mi a-steach dhan labhrair. Chaidh an loidhne marbh orm.

Bha mi dìreach a' dìreadh bàrr a' bhruthaich ri taobh an àite-phàircidh nuair a gheàrr an càr leòmach Tesla aig Dods a-steach ann. B' e Sgugs a leum às an t-suidheachan-phasaideir.

'Gu dè tha thu ris shìos an sin!' dh'èigh e orm.

'Dìreach a' dèanamh dileag,' fhreagair mi.

An ceann ùine nach robh fada bha na ròpannan mu ar guailnean is an iarnaireachd a' glagadaich mu ar cruachainn; deiseil gus a' bheinn a thoirt oirnn.

'S iongantach an tìr a tha rombad
Tha an t-àm agad ann

thuirt mi.

Tha do bheinn a' feitheamh riut
Tog ort an làrach do bhonn.

Chuir Sgugs crìoch air an duanaig a bha mar sluagh-ghairm don bhuidheann bheag againn. ('S ann às leabhar do chloinn le Dr Seuss a thàinig e mas math mo chuimhne.)

Le sin thug sinn oirnn an t-slighe thar mhòintich a-steach gu bonn an dìridh. Leig mi le Sgugs is Dods, a bha ann am bras-chòmhradh le càch a chèile, falbh beagan air thoiseach orm is ghabh mi ealla ris an dithis sin a bha mar bhràithrean dhomh. Bha an ceum daingeann aig Dods tron fhraoich mar shamhla air a charactar cuimsichte, a shùilean daonnan gu dian air an tìr roimhe. B' iad sin na buadhan, saoilidh mi, a leig leis sreap cho àrd na bheatha is e le obair mar ionmhasair aig àrd-ìre ann an Lunnainn; taigh aige san Dordogne cho math ris an taigh sgèimheil aige ann an taobh an iar Lunnainn.

An coimeas ris a' cheum aig a' chompanach bha ceum Sgugs arraideach le tòrr slios-ghluasadan na lùib, rud beag mar cheum pùpaid a' coimhead bhon chùlaibh. Agus sin gu dearbh mar a bha a bheatha-san. Cha robh obair no càirdeas seasmhach air a bhith aige on a dh'fhàg e an t-oilthigh. Dh'obraich e greis do Choimisean na Coilltearachd mus deach e air a cheann fhèin na ghàirnealair. Bha e greis a' togail shlighean beinne, greis ag obair air tuathanas èisg, greis na chòcaire do thaigh-òsta. Agus mar sin air adhart. Cha b' urrainn dhan dithis aca a bhith na bu diofraichte bho chàch a chèile. Ach chan eil rian aig càirdeas. 'S dòcha gur e an diofar sin a tharraing iad còmhla is a dh'fhàg gu robh iad fhathast cho dlùth ri chèile.

Aig an oilthigh b' ann ri Sgugs a choimheadadh sinn uile suas is am beòthalas aige cho tarraingeach aig an àm. Ach nuair a thigeadh e gu aon 's gu dhà b' e Dods anns an cuireadh sinn earbsa is a thàinig am bàrr mar ceannard neo-oifigeil na buidhne ged a chuireadh a chuid uaill sgreamh oirnn aig amannan.

Latha foirfe a bh' ann. Cha b' urrainn dha a bhith na b' fheàrr. Ged a b' ann anns a' cheò a thog sinn oirnn, nuair a shreap sinn gu 300m nochd sinn bàrr nan sgòth ann an tìr an iongantais. An sin, fhuair sinn sinn fhèin air eilean de stùcan is creagan air fleòd ann am muir farsaing de ghilead. Air an fhàire, sgapte umainn, dhearrs eileanan beinneach eile sa ghrèin. Chluich sinn an uchd nam beann gaolach againn mar leanabhan no ainglean air an crochadh san speur. Nuair a thill sinn bhon bhearradh thar mòintich, a dh'aindeoin fliche na boglaich fo ar casan is truimead na sgìos, bha aotromas nar ceum is nar cridhean.

* * *

Air ais san taigh agam leig mi dhìom an acainn sreap agam sa phoirdse is, a' dol a-steach dhan taigh, thug mi pòg do dh'Anndra a bha a' feitheamh orm. Gu dìreach a-steach gu seòmar-cadail mo nighinn a gheàrr mi an uair sin. Bha i a' leigeil oirre gun robh i na cadal ach, cho luath 's a dhlùthaich mi ris an leabaidh aice, bha a sùilean fosgailte is thilg i a gàirdeanan mu thimcheall orm. Bha Anndra air mo chuibhreann dhen dhinnear a ghlèidheadh dhomh is theasaich e sin dhomh sa mhicrowave. B' e an tagine spìosrach, air ullachadh le làmhan mìn fhèin, an dearbh rud a bha dhìth orm.

'Latha math?' dh'fhaighnich e dhìom is e a' càrachadh an trainnseir air mo bheulaibh.

''S e bha.' fhreagair mi. Cha tuirt mi an còrr oir bha cùmhnant againn nach bruidhninn mu na dh'èirich dhomh air latha sreap. Cha robh mi airson cur fa-near dha na chaill e a-mach air. Ach cuideachd, tha mi an amharas, cha robh esan airson dad a chluinntinn a bheireadh am bàrr cuimhneachan air an latha oillteil ud o chionn dà bhliadhna. An latha a sguir e a shreap. An latha sin a thuit e 200m às dèidh do dh'acair belay fhaileachadh air. Bha e an sin, na chrochadh san fhànas, fad co-dhiù uair a thìde gus an d'fhuair sinn air a shlaodadh air ais gu aghaidh na creige.

'Tha mise air a bhith a' meòrachadh beagan,' thuirt e. 'Saoilidh mi gu bheil an t-àm agam tilleadh a shreap.'

Thug mi hug dha. 'Taghta!' dh'èigh mi air. 'Òlamaid dha sin!' Thug mi botal fìon às a' frids is lìon mi glainne an urra dhan dithist againn.

'Ach,' lean e air. 'Chan eil mi airson guth a chluinntinn mu na *v diffs* is na h-*extremes*. Tha mi airson 's gum bi cothrom agam air an àrainneachd is nàdar mu thimcheall orm a mholadh. Feumaidh sinn gabhail ris nach eil sinn cho òg 's a b' àbhaist.'

Agus sin far an do theann an còmhradh ri dhol ceàrr.

'Tha sinn a cheart cho aosta 's a tha sinn nar cinn. Cha ghèill mi fhèin ri aois gus am feum mi,' thuirt mi.

'An tàinig e a-steach ort gun cuir Dods is Sgugs às dhut?' Bha an guth aig Anndra ag èirigh. 'Gu bheil gach sreap a sparras iad ort nas duilghe na am fear mu dheireadh?'

'Nach mi tha taingeil gu bheil. Cha dèan sgrìob do Tesco uair san t-seachdain an gnothach air m' fheum airson dùbhlan.' Thuirt mi sin a dh'aona ghnothach gus Anndra a ghoirteachadh. B' esan a dhèanadh an shopping. An oidhche sin chadail sinn le ar dromannan an aghaidh a chèile.

An Càrn Gorm

Dods
Godzilla?

Sgugs
Dè

Dods
Godzilla Severe Càrn Gorm

Sgugs
Abair uilebheist nach e?

Dods
Eil thu a' dol bog orm?

Sgugs
Cuine ma-thà?

Dods
29mh?

Sgugs
Ceart ma tha. Mudder?

Mudder
(mise) Marbhamaid a' bhèist!

Dh'èirich mi air an latha gu fuaim neo-dhòchasach an uisge a' gnagail air a' mhullach os cionn na leapa. San dorchadas shnàig mi a-mach às mo leabaidh is a-mach às an taigh. Cha robh mi airson an latha a chur gu dol le trod ri Anndra. Cha robh cùisean air a bhith cus ro rèidh eadarainn fad greis. Mun àm a choilean mi Bealach an t-Sluic bha an talamh bog a' dùsgadh fon ghrèin a chaog orm bho chùl sgòthan. Fam chomhair bha beanntan greadhnach a' Mhonaidh Ruaidh, a' tilgeil bhuapa am plaide de sgòth is ceò. Mun àm a ràinig mi an Aghaidh Mhòr cha robh air fhàgail dhen uisge ach corra fhras aotrom.

Bha mi dìreach gus an acainn agam a tharraing às a' chiste nuair a chuala mi a-rithist i. An aon ghliogadaich leantaileach a chuala mi ann an Gleann Comhainn. A-rithist chrath mi mo cheann. A-rithist cha chrathainn às i. Cha robh roghainn agam ach gun rachainn an lorg air tùs na fuaime. Fhuair mi am bogsa fòn air cùlaibh bothan trèigte an turas sa is an aon dreach sgreataidh, seann-fhasanta air 's a bha air an fhear ann an Gleann Comhainn. Bhuail fàileadh làidir a' mhùin orm nuair a spìon mi fosgailte an doras. B' fheudar dhomh mo chas a stobadh air beulaibh an dorais gus adhar a leigeil a-steach is mi a' togail an t-seata-làimhe.

Agus sin e: an aon ghuth fann, èiginneach. Mas e neònachas a bh' ann a' chiad turas a thachair an dearbh rud bha seo do-chreidsinneach. Ach mar duine ciallach bha fhios agam gum biodh adhbhar ann air a shon. Cleas Sgugs a bhiodh ann is e cho tìtheach air cleasachd. Bhiodh e an sin am badagan pìos beag shuas an rathad a' gabhail tlachd bho bhith coimhead orm tro phrosbaig is mi a' cliobadh mun àite mar òinseach. Air neo Anndra, is e a' faighinn dìoghaltas orm le bhith a' cur an eagail orm. A' feuchainn air mo chur dheth bho bhith a' sreap.

Leis an fhìrinn innse cha chanainn gun do chòrd an sreap rium an latha ud. Bha a' chreag fliuch is sleamhain is duilich grèimeachadh oirre. Turas no dhà dh'fhalbh cnag cloiche cugallach fo mo chois. Cha robh na belays againn cho tèarainte 's a bu mhiann leam. Ach nuair a rinn sinn abseil air ais dhan bhonn bha mo cheann cho aotrom leis an adhar mu thimcheall orm. Son a' chiad uair fad greis mhòr dh'fhairich mi an seòrsa boil a' ruith tro mo chuislean is a dh'fhairichinn aig deireadh latha air a' bheinn nuair a theann mi ri sreap o thùs.

An Cuiltheann

Dods
An Cuiltheann?

Sgugs
'S fhada on a bha sinn ann an Eilean a' Cheò.

Mudder
(Mise)Tha m' aigne air a lìonadh Le iarrtas tha ro mhòr A dh'fhaicinn Eilean Sgiathach nan siantanan 's a' cheò.

Sgugs
Mudder Mòr Nan Òran an e? Dè an t-slighe a tha san amharc dhuinn? Bu docha leam grian na ceò by the way!

Dods
Skye's The Limit?

Sgugs
Dè an ìre?

Dods
MVS

Sgugs
Thalla An ann a tha thu a' feuchainn ri cur às dhuinn?

Bha mi air na fòn calls neònach sin a chuir às mo cheann gus an d' ràinig mi Sligeachan is a gheàrr mi a-steach gu àite-pàircidh clàbarach aig oir an rathaid. Ach b' e sin i a-rithist. An aon ghliogadaich fhann, fhad às, a ghabhadh cluinntinn air èiginn tro rumail na trafaige is troman an uisge san allt a bha a' sruthadh fon rathad. Bha mo rian ag innse dhomh gum bu chòir dhomh dearmad a dhèanamh oirre. Ach, air adhbhar air choireigin, bha i gam thàladh thuice. Thug i sìos rathad beag mi, seachad air taigh-croite is thairis air achadh cnapach air a chùlaibh. Bho gach taobh bha mairt a' dèanamh orm 's iad an dùil gun robh biadh agam nam chois dhaibh. Gus an seachnadh chrom mi sìos ceum corrach a lean a-steach gu clais is allt a' plabadaich aig a' bhonn. Chaith a' chlais a-mach mi air iomall cladaich. Agus sin am bogsa fòn na sheasamh air a' ghlasrach aig beagan astar bhuam. Rinn mi mo shlighe dha ionnsaigh eadar na pollagan coinein is a' mhurag a dh'fhàg am muir ann. Na bhroinn bha seann chliabh giomaich a b' fheudar dhomh tilgeil a-mach mus do thog mi an seata-làimh.

An turas sa bha mi deiseil. Dh'èigh mi a-steach dhan labhrair. 'Sguir dhen amaideas seo! Fòghnaidh na dh'fhònas!' Ach cha robh guth ann aig taobh thall na loidhne. An àite sin bha fuaim gaoithe ann. Fuaim gaoithe thiamhaidh nach fhaigh thu ach ann an aon àite. Air mullach beinne.

Nuair a ràinig mi an t-àite-pàircidh fhuair mi Dods is Sgugs an sin 's iad a' feitheamh orm, deiseil gus togail orra.

''S tu a bha fada gun tilleadh,' dh'èigh Dods orm.

'Bha feum agam air beagan eacarsaich. Chaidh mi cuairt bheag.' Rinn mi gàire ghòrach.

Gun dàil thug sinn am monadh oirnn a dh'ionnsaigh a' bhearraidh mus robh cothrom aig ar teagamhan mun dùbhlan a sheas romhainn a dhol am meud. Bhon a thug sinn a-mach ar ciad cheuman suas am bearradh fhèin cha robh mòran tlachd an cois a' ghnothaich. Shùigh a' chlach fhuar am blàths às ar làmhan is ar cuim mar nach robh a' bheinn fhèin gar n-iarraidh an sin. Bha ar n-aire air gach gluasad aig ar làmhan is ar casan chun na h-ìre 's nach deach againn air na seallaidhean mu thimcheall oirnn a mhealadh. Bha mi mothachail gun robh an t-adhartas a bha sinn a' dèanamh gu math mall. Nam cheann bha dealbh leantainneach, bagairteach dhen earrainn as cunnartaiche dhen t-slighe a bha a' laighe pìos beag fon mhullach, fhathast fada air thoiseach oirnn.

Cha robh fhios agam dè cho fad 's a bha sinn air aghaidh na

creige mus do shlaod mi mi fhèin a-nìos air sgrota is a thuit mi a-steach ann le mo dhithis chompanach, crochte bhàrr na falamhachd. Nuair a thug mi grad-amharc air Sgugs ghlac mi fiamh an eagail na shùilean. Fiù 's ann an sùilean Dods bha fiamh teagaimh; rud nach fhaca mi annta a-riamh roimhe. An sin, os ar cionn, shìn an còrr dhen t-slighe againn, mar Bhreithneachadh fhèin. Leac cloiche bhalbh, neo-thruacanta. An siud 's an seo bha fiaclan cloiche a' stobadh a' mach às a' chreig, *overhangs*, far am biodh againn ri sreap greis bun os cionn, ar druim ris an t-sìorraidheachd fodhainn. Chithinn an sùil m' inntinn sinne, is sinn fhathast òg, a' snìomh suas orra sin mar mhuncaidhean clis. Ach b' fhada bhon uair sin.

Bha fios aig an triùir againn gun robh slighe an sin a lean far na beinne gu sàbhailteachd is a-nuas gu slighe an luchd-turais. Cha tug duine seach duine againn iomradh air.

'A bheil thu cinnteach às a seo?' thuirt Sgugs ri Dods.

'Cho cinnteach 's a ghabhas,' fhreagair Dods.

'Mudder?' Thug Sgugs sùil orm.

Bha mi a' rèiteachadh na h-acainn agam gus m' aire a chumail far na bha fa-near dhuinn.

'Gu dearbh,' fhreagair mi, gun mo shùilean a thogail bhon ghnìomh fam chomhair.

B' ann san t-sàmhchair a lean a dhrùidh fuaim thiamhaidh na gaoithe a-steach air m' aire is i a' sèideadh mun mhullach os mo chionn. Nam inntinn chuala mi innte gal leinibh. Sa mhòmaid seo dh'aithnich mi ciall teachdaireachd nam bogsaichean fòn ged nach do dh'aithnich mi fhathast na faclan fa leth. Thog mo shùilean le clisgeadh.

''S còir dhuinn teàrnadh!' ghuidh mi air mo chompanaich.

***

Chan eil latha a thèid seachad nach eil mi air mo lèireadh le ciont nach d' fhuair mi air mo bhràithrean sreapa a choiteachadh far na beinne. Ach cha rachadh freastal a chur far a shlighe. Bhàsaicheadh iad a chum na h-aisling a bh' againn. Thillinn gu beatha thalmhaidh. Bha mi aig bonn na beinne nuair a thàinig an heileacoptar san amharc fada os mo chionn, air ais aig an àite-pàircidh nuair a shiubhail land-rover an sgioba-teasairginn seachad orm aig astar. Thug mi a-mach m' fhòn-làimh is chuir mi teachdaireachd gu mo dhuine.

'S iongantach an tìr a tha romhainn
Tha an t-àm againn ann.

Thilg mi an stuth agam a-steach dhan chiste is le trainers tioram air mo chasan thug mi orm mo dhachaigh is mo theaghlach.

A' fàgail Shligeachain chaidh mo shùil a tharraing sìos dhan chladach gu h-ìosal is an raon garbh ri thaobh. An dearbh àite far an do fhreagair mi am fòn o chionn grunn uairean a thìde. Cha robh sgeul air bogsa fòn ann.

Cursus

Cursus: Lann fhada lìnear air a cuairteachadh le druim is dìg suas gu grunn cheudan de mheatairean a dh'fhaide a bhuineas don Linn Nua-chlachail. Thathar a' smaoineachadh gun robh iad air an cleachdadh airson deas-ghnàthan.

* * *

Bha an rud dèanta. Bha ceithir làmhan is dà chorrag de chuairtean-grèine air a dhol seachad on a chaidh an t-sluasaid cnàmha a shàthadh a-steach dhan ùir le Glèidheadair na Cloiche Seunta is a chaidh a' chiad fhàd a thogail. Fad na h-ùine sin, sna greisean nuair nach robh bàrr ga chur no ga bhuan is obraichean eile na talmhainn gan toirt a-mach, bha muinntir nan còig àrdan – sin Muinntir nan Ròcasan, nam Fèidh, nan Iolaire, nan Torc is nam Madaidhean-Allaidh – air sgaothadh a-nìos dhan fhireach gus an t-saothair mhòr a bhiodh a dhìth a ghabhail os làimh. Air am brosnachadh le diathan nan speuran bho gu h-àrd is spioraid na talmhainn bho gu h-ìseal, ghabh an t-iongantas cruth, fàd air fàd, clach air cloich. An oidhche sa gheibheadh iad a-mach fàth an saothrach.

Mu àm na fionnairidh, bha muinntir nan còig àrdan uile air cruinneachadh air an raon eadar baile nan torc is an tràigh. Còmhla riutha bha Muinntir Dol Fodha na Grèine a bha air siubhal thairis air a' chaolas nan cliathan beaga de dh'eathraichean bèin na bu thràithe air an latha. Tron chuideachd bha soplachain toite a' siabadh bhon iomadh teine a bha a' losgadh mun raon, a' giùlan fàileadh cùbhraidh lòin air a ròstadh le dearc-aitinn is crampagan frois-lìn. Taobh thall a' chaolais chuir cruinne mòr ruadh na grèine caran dhith thairis air druim na tìre gus an do thuit i far a chinn a-steach dhan chuan agus à fianais. Uidh air n-uidh mheath an cruth-tìre mu thimcheall air a' chuideachd dhan dorchadas, is theann aogasan nan daoine ri priobadh ann an solas buidhe frionasach nan teintean. Ann an sùilean nan daoine luisnich caoch air a lasadh bhon taobh a-staigh leis a' mheadh is na balgan-buachair a bha a' dol mu thimcheall an t-sluaigh ann an cuachan fiodha, is air a shèideadh air bhon taobh a-muigh le boil na cuirme. An-dràsta is a-rithist bhriseadh làdach dhrumaichean tron t-sluagh is theannadh cuid air toinneamh ri gluasadan fiabhrasach.

Cho luath 's a dh'ath-fhuaimnich seirm na h-adhairce mun raon ge-tà thuit sàmhchair air na daoine is thàthaich iad nam buidheann mòr aig bonn an t-slèibhe. Theann iad mar aon ri siubhal a dh'ionnsaigh an iongantais a bha na laighe gu h-àrd.

Air dhan bhuidheann bàrr a' bhruthaich a choileanadh dh'fhalbh am baile on tàinig iad is am muir air an cùlaibh. Romhpa luisnich ribean dà-fhillteach de chlachan geala ann an còmhradh solais leis a' ghealaich. B' e còig àrd-shagartan nan còig àrdan a cheumnaich air thoiseach air càch a-steach dhan t-slighe eadar na clachan nan earraidhean fada bian-mhathain. Ann an solas fann nan dòrn-leòis aca b' e mathain a bh' annta an dha-rìreabh. Ghabh an uair sin Glèidheadair na Cloiche àite aig an ceann. Airsan cha robh stiall aodaich. Bha a chraiceann àrsaidh air dath umha a' crochadh bho chnàmhan mar chraiceann nan uàlrasan a bhiodh dhan slaodadh fhèin suas air a' ghainmhich as t-samhradh. Bha fheusag gheal a' tuiteam thar mhionach seangarra sìos gu bhith mar aon ri falt a ghobhail. Seargta a-steach dhan fhalt bha a bhod a' crùbadh mar ugh dreòlain. Mu amhaich ghiùlain e a' Chlach fhèin is i air a crochadh air iall leathair bàrr fheusaige. B' e sin an rud a bu choisrigte a bhuineadh dha muinntir nam fàirean uile. Na broinn bha draoidheachd na tàmh oir b' e sin a' chlach sheunta a chaidh a thilgeil leis na diathan sìos dhan talamh.

Thog an Glèidheadair a' Chlach an-àird roimhe is theann e ri coiseachd gu mall. Lean na mathain na dhèidh. Thaom an sluagh a-steach dhan lann às an dèidh-san gus an robh siubhal-dhaoine fada, tiugh a' dèanamh a shlighe suas an cursus eadar dà loidhne luisne tillte na gealaiche. Theann na mathain ri oradh. Aig ceann gach rann lìon an raon le iolach an t-sluaigh is iad ag ath-oradh na loidhne mu dheireadh dhen rann. Ann an solas caochlaideach nam biùgan is na gealaiche dh'fhàs cruth na tìre neo-sheasmhach is theann na h-oirean eadar feartan na tìre is na speuran ri meathadh gus mu dheireadh cha robh ann ach an cursus fhèin crochte san domhan.

Nuair ràinig siubhal nan daoine ceann a' chursuis stad an Glèidheadair aig meadhan an leth-chearcaill a bha a' cur crìoch air an làraich is thionndaidh e an taobh on tàinig e. Thog e a' Chlach an-àird os a chionn. Às a' Chloich lìonsgar cumhachd neo-fhaicsinneach a thug buaidh shèimhidh air an domhan air fad. Theann na rionnagan ri carachadh san iarmailt.

Fad tiotan dh'fhàs a h-uile rud sgleòthach is chaidh an Glèidheadair à sealladh.

* * *

Muncaidh ann an toll. Sin a th' annam, smaoinich Lùcas dha fhèin. Fad seachdain bha e air a bhith shìos san trainnse seo gun dad a lorg ach ùir lom is clachan. Mu thimcheall air dh'obraich a cho-oileanaich air cliathaichean na trainnse len trubhalan. Sgròb, sgròb, sgròb. Gliong, gliong, gliong. Cha robh an fhuaim leantaileach a' cuideachadh leis a' cheann ghort aig Lùcas. Bha aithreachas air gun do dh'òl e na h-uiread de dh'fìon dearg an oidhche roimhe. B' fheudar do chuideigin crìoch a chur air a' bhotal.

Os an cionn spaidsirich ceannard a' chladhaich, an t-Ollamh Wallace Blair, mun toll, plìonas air, 's e a' caitheamh stiùireadh sìos air a threud an-dràsta agus a-rithist. Le deireadh na maidne a' teannadh orra shuidh e sìos aig oir na trainnse is a chasan air an crochadh a-steach innte, a' toirt a chreidsinn gun robh e mar aon leis a' bhuidheann aige, ged a bha e fhathast na chrochadh os an cionn. 'OK guys,' thuirt e, 'Tha sinn a' teannadh ri deireadh a' chladhaich. Tha an t-àm agam a' cheist a chur oirbh. Dè a bu chiall dhan làraich seo dhan fheadhainn a thog i? Saoil a bheil beachd agaibh?' Stad sgròbadh nan trubhalan.

'Slighe dheas-ghnàthach a bh' anns a' chursus nach e?' dh'èirich guth ùghdarrasail Olly às an toll.

'Seadh. Bhite a' toirt urram dhan chruth-tìre is dha na diathan le bhith ga coiseachd,' chuir Anna ris.

Duine mu seach chuir a h-uile duine ris a' bharalachadh. Gach duine aca ag ath-aithris beachdan an ollaimh. Slìomairean! Cha robh feum aig Lùcas a bhith na shlìomair is a h-uile coltas ann gum biodh e air a thilgeil far a chùrsa co-dhiù cho luath 's a thilleadh toradh nan deuchainnean.

'Lùcas Robastan! Lùcas Robastan!' Bha an t-ollamh air èigheachd air grunn tursan mus do dh'aithnich Lùcas gur ann airsan a bha guth an ollaimh Wallace Blair a' cuimseachadh.

'Aidh!'

'Chan eil còir agad a bhith diùid. Chan àbhaist dhut a bhith gann a bheachdan.' Dh'èirich sitrich mu Lùcas. 'Uill, dè do bharail-sa? Dè as ciall don chursus?'

Rinn Lùcas casadaich. 'Biast mhòr de inneal siubhal-ama a th' ann,' thuirt e. Sitrich eile.

'Agus saoil, ciamar a dh'obraicheadh a leithid?' dh'fhaighnich an t-ollamh.

Bha Lùcas air tòiseachadh. Bhiodh e a cheart cho math dha leantainn air. ''S ann a tha an làrach a' ruith an co-shìnteas le leantaileachd spàs-tìme. Tha e mar lionsa mòr aig a bheil comas spàs is tìm fhòcasachadh.' Bha teanga Lùcais a' ruith na bu luaithe na eanchainn. 'Mar a loisgeas tu toll ann am pìos pàipeir le lionsa thèid aig a' chursus air toll a chur ann an tìm. Ma lorgas sinn pong-fòcais na làraich, aig ceann na slighe chanainnsa, thèid againn fhèin air a dhol air ais an tìm is faighinn a-mach mar a chaidh an làrach a chur gu feum. Nas èifeachdaiche na bhith a' cladhach thuill feadh an àite.'

'Nach tu a tha cruthachail!' Thug an t-ollamh sùil air uaireadair. 'Seallaibh air an uair. Àm lòin a th' ann saoilidh mi.'

Leum a h-uile duine às an trainnse is rinn iad air an teanta aig cùl an raoin far an robh an stuth aca air a thasgadh. Chaidh Lùcas a-null gu far an do dh'fhàg e am bogsa-lòin beag plastaig aige aig oir na teanta na bu thràithe air an latha. Cha robh e ann. Rinn e cuairt mun teanta a' rùrachadh am measg a' chulaidh aig càch ach cha robh sgeul air a' bhogsa.

'OK!' dh'èigh e air càch. 'Cò am bumalair a tha ri fealla-dhà? Cò ghoid mo lòn orm?'

'Is tusa am bumalair,' dh'èigh Olly bho thaobh thall na teanta. 'Cha tèid latha seachad gun thus' a bhith a' dìochuimhneachadh rudeigin.'

Thionndaidh Lùcas ris an duine a b' fhaisge air, Flint. 'Flint. Gabhaidh thusa truas le ablach a tha an uchd a' bhàis leis an acras nach gabh? Tha tuilleadh 's a chòir cheapairean agad an sin. Saoil an toir thu fear dhomhsa?'

Bha tàir san t-sùil a thug Flint air Lùcas. 'Thalla. 'S tu a dh'òl mo bhotal fìona orm a-raoir.'

Cha sheasadh Lùcas ri leamhachas a chompanaich tuilleadh. Thug e ceum a-mach às an teanta is theann e ri coiseachd thar an raoin, a' leantainn slighe a' chursuis. Mar a bu mhotha de dh'astar a chuireadh e eadar e fhèin is a cho-oileanaich b' ann a b' fheàrr. Bha e air a dhol beagan astair nuair a mhothaich e do chruth a bha a' gluasad beagan air thoiseach air. Aig a' chiad char smaoinich e gur e ainmhidh a bh' ann; fiadh no earb. Bha e duilich do Lùcas fheartan a dhèanamh a-mach is e air an aon dath ris a' mhòine mu thimcheall air. Ach, nuair a thug e sùil nas mionaidiche air dh'aithnich e gur e duine a bh' ann. Bodach, gun stiall aodaich air! Bha rudeigin na làimh. Mura robh Lùcas air a mhealladh b' e a bhogsa-lòin a bh' ann.

Luathaich Lùcas a cheum. Bha e dlùth air an duine mus do mhothaich esan gun robh cuideigin air a shàil. Theann e ri ruith. Airson cuideigin aig aois bha am bodach math gu ruith is bha iad air ceann a' chursuis a ruighinn mus do rug Lùcas air. Bha strì nach beag ann mus d' fhuair Lùcas air a lòn fhuasgladh às grèim teann an duine. Nuair a tharraing e air falbh am bogsa bhon duine fhuair Lùcas gun robh e air an seud-muineil a bha crochte mu amhaich a' bhodaich a spìonadh bhuaithe le chearbag. Las sùilean a' bhodaich le caoch is theann e ri slaiseadh aig clach an t-seòid-mhuineil le làmhan an oidhirp a spìonadh às grèim Lùcais. Thuislich Lùcas an comhair a chùil. Gun fhiosta dha bha e air a chas a chur a-steach gu cridhe a' chearcaill aig ceann a' chursuis. Thàinig tuaineal air is dh'fhairich e cumhachd neo-fhaicsinneach a' sruthadh a-steach dhan chloich. Bha coltas ann gun robh an tìr a' leaghadh uime is an speur a' fiaradh. Thàinig sgleò air is dh'fhairich Lùcas mar gun robh e a' siubhal troimhe aig astar.

Nuair a dh'fhalbh an sgleò an ceann greiseag bha e fo sholas na gealaich an àite na grèine. Dh'aithnich e air sgàilean doilleir na tìre mu thimcheall gu robh e san aon chruth-tìre ach bha a h-uile càil eile air mùthadh. Bha an druim cloiche, a bha e air a bhith a' cladhach fad seachdain meatair fon talamh, a-nis air bàrr na talmhainn is e a' luisneachadh ann an soillse na gealaich. Ach b' e an rud a b' annasaiche mun t-suidheachadh san robh e an sealladh a bha roimhe. Nan seasamh, beagan mheatairean bhuaithe, bha còig mathain is sluagh mòr air an èideadh ann am brèidean bèin a' coimhead ris. Mar aon thuit iad gu an glùintean is shleuchd iad ris. Theann iad ri oradh, gu tiamhaidh, mar bhiast mhòr air a leagail gu talamh is i fo chràdh. Theann na mathain ri ceumnachadh mu Lùcas is iad ga sgrùdadh. Chùm iad beagan astair eadar iad fhèin is esan is coltas orra gun robh a cheart uimhir de dh'eagal acasan ro Lùcas 's a bha aigesan romhpa. Thàinig am fear a bu dàna dhiubh a dh'ionnsaigh Lùcais is bhean e gu clis air a' bhogsa na làmhan mus do theich e air ais na àite. Thog Lùcas am bogsa air a bheulaibh is thabhainn e air a' mhathan e. Gu frionasach ghabh am mathan gu uchd am bogsa. Thàinig an còrr de na mathain cruinn mun companach is theann iad ris an ulaidh na làmhan a sgrùdadh is iad a' leigeil asta osnaichean an iongantais. Bha beagan ùine ann mus do dh'obraich iad a-mach gum b' urrainn dhaibh ceann a' bhogsa a thoirt dheth. Thog aon de na mathain ceapaire às a' bhogsa is smèid e air a bheulaibh e. Air dha fàileadh fhaighinn dheth thog e gu shròin e is shnotaich e. Rinn e greann is chuir e an ceapaire air ais dhan bhogsa. Thog mathan eile am bàr Mars às a' bhogsa. Ruinnlich e ris is sgrùd e na pàtaranan neònach air a chòmhdach mus do thill e dhan bhogsa e. Thog fear eile banana is thug e seachad tamall nach beag a' spleuchdadh air na bhreislich.

Leis a h-uile rud air a thasgadh air ais sa bhogsa ghabh fear de na mathain grèim air is thog e an-àird e os a chionn. Thionndaidh e ris an t-sluagh. Mar aon dh'èirich iad is asta thàinig iolach a chrath an talamh. Cha bu luaithe a bha Lùcas air ceum clisgeach a thoirt an comhair a chùil na chaidh an saoghal uime na thuaineal sgleòthach às ùr. Bha e a' siubhal aig astar tro neonitheachd. Cho luath 's a bha a thuaineal air thòiseachadh bha e air stad is Lùcas air ais fo sholas na grèine gun sgeul air druim a' chursuis tuilleadh. Bha e dìreach a' tighinn thuige nuair a bhuail cuideigin ann ga leagail dhan talamh. Am priobadh na sùla chaidh a' chlach a spìonadh far a mhuineil. Choimhead Lùcas suas dìreach ann an tìde am bodach fhaicinn is e a' dol à fianais.

Gu caochlaideach dh'èirich Lùcas bhon talamh. Fad ùine sheas e gun gluasad an sin na bhreislich. Dè chanadh e ri càch? Cha chreideadh duine a bha beò air talamh an sgeulachd aige. Nam feuchadh e air a h-aithris bhiodh e air a mheas mar neach air chaothach. Mu dheireadh chrath e a cheann is rinn e air a' chladhach. Mun àm a ràinig e an trainnse bha a cho-oileanaich air ais san toll. Bha is an t-Ollamh a bha ag obair ann le trubhal is na h-oileanaich uile a' coimhead air gu dian. A rèir coltais bha iad air rudeigin a b' fhiach a lorg mu dheireadh thall. Dhlùthaich Lùcas ri oir an tuill is choimhead e sìos ann. Bha trubhal an ollaimh mar saighead a' comharrachadh an oibseict air an robh e ag obair aig bonn na trainnse. Rud ceàrnagach a bh' ann a bha mu fhichead ceudameatair a dh'fhaide. Uachdar rèidh, geal, criostalach air; rud beag mar phlastaig.

Mar gun robh e gu h-obann mothachail air làthaireachd Lùcais choimhead an t-Ollamh Wallace Blair suas ris. Bha oillt na shùilean.

Latha Ariàna

Dùisgibh! Ma tha teachdaireachd an cois a' bhratha seo 's e sin e; mas e 's gum faigh e thugaibh idir. Am measg an fhiosa mhealltaich a thugadh dhuibh bhon a dh'fhalbh mi 's cinnteach gun deach innse dhuibh gun robh mi air bàsachadh; mise is Seonaidh; an latha ud; ri linn tubaist no tinneas aithghearr 's dòcha. Tha Seonaidh cho marbh ri sgadan, ceart gu leòr; ged nach ann airson nan adhbharan a chaidh a thoirt dhuibh. Air mo shon-sa tha mi cho beò 's a bha mi air latha mo bhreith; ged 's ann an ifrinn a tha mi beò a-nis, agus na bomaichean a' sìor thuiteam mar uisge le àmhghar is dòrainn ceithir thimcheall orm.

Ach tha mi fhathast beò an dòchas; sin mo ghnè. Ma chuireas mi am fios seo suas dhan sgòth; mas e 's gun nochd toll an siostam dìon a' Phròtacail; mas e 's gum mair an toll fada gu leòr gus am faigh am mìr de dh'fhios seo troimhe. Mas e 's gum faigh am fios thugaibh air dòigh air choireigin mar oiteag fhaondrach a shèideadh tron iarmailt. Mas e… ! Ach, co-dhiù a thachras sin gus nach tachair, 's ann a tha uallach orm feuchainn ris an fhìrinn a thoirt thugaibh air mar a thachair is an t-earalas a thig na chois.

***

B' e *Latha Ariàna* a bh' ann; no *Latha do Thoil Fhèin* mar a chanadh an t-sanasachd ris. 'S iomadh fèill eile a tha air a sònrachadh do dhia no uaislean air choireigin. Sin na làithean a chuireas sinn seachad an cuideachd teaghlaich is dhàimh, a' coileanadh nan dleastanasan a thig nan cois, a' toileachadh chàich. Dè a b' fheàrr na latha gus do thoil fhèin a shàsachadh? Nach ann mar sin a smaoinich sinn uile nuair a chaidh an fhèill a chur air dòigh? Deich bliadhna air ais, an e, a-nis?

B' e mo thoil an latha ud dol gu fèis-chiùil. 'S i Ariàna fhèin, cha chreid mi, a chuir mun aire dhomh gun robh an fhèis gu bhith ann le bhith a' toirt am bàrr bloighean fios mu deidhinn air mo chunntas pearsanta sna seachdainean ron latha. Nach b' e ise cuideachd a chuir fa-near dhuibh gun robh mi a' dol ann agus nach e sin a thug oirbhse, mo chàirdean, tighinn còmhla rium? Aon rud fialaidh beag eile a rinn Ariàna a chum ur soirbheis; 's cinnteach gur e sin ur beachd. Ach stadaibh is smaoinichibh diog. Gun sibh uile a bhith ann cha bhiodh Seonaidh air tighinn.

B' e an ceathrar dhibh a fhuair mi an sin is sibh a' feitheamh orm taobh a-muigh na fèise, is nach b' ann gu fialaidh blàth a thug mi caidreabh dhuibh uile às dèidh dhuinn a bhith sgaraichte bho chèile fad ùine: Liùsaidh (an Daoimean), Debby (an Tè Bhàn), Caomhainn (an Co-ogha), Brus (am Boss) is mi fhèin, Bob (am Bàrd). Cò dhinn, a-rèist, a smaoinich air na far-ainmean ciùil gòrach sin bhon t-seann linn? Saoilidh mi gur tusa is mise a bh' ann, a Bhruis. Bu mhise am Bàrd! Bu tusa am Boss! Ged a bhiodh na beachdan agam b' ann agadsa a bhiodh am facal deireannach. Bha uair ann a bha sinn an cuideachd a chèile fad gach uile latha, cha mhòr, a' dol gu pàrtaidhean agus fèisean, a-mach 's a-steach à flataichean a chèile is sinn fhathast òg. Ach on uair sin bha ar beathannan a' sìor fheuchainn ri ar sgaradh bho chèile le bhith a' cur dhleastanasan teaghlaich is obrach san rathad oirnn. Ach an latha sin bha na rionnagan uile san àite cheart is freastal air ar taobh-ne. Tha fhios gun robh sinn mothachail gur e siud 's dòcha an cothrom mu dheireadh a bhiodh againn uile a bhith còmhla. Dh'fhàgamaid ar n-uallaichean air ar cùl is bhiomaid a' pàrtaidh mar gur e Latha Luain a bh' ann. San àbhaist, bhiomaid air ar faicinn ann an deise is lèine nar beatha làitheil, ach an latha sin b' e èideadh na fèise-ciùil a bha oirnn: dìnichean luideach is lèintean-t, is sinn air ar sgeadachadh le grìogagan dathach. Bha dìtheanan air am peantadh air aodainnean Liùsaidh is Debby. Bha Brus air fhalt a dhathadh le uaine nìtheon a bha gairiseachail. Nach tusa am fear a rachadh daonnan na b' fhaide na càch, a Bhruis. Cha chreideadh duine le bhith a' coimhead ort an latha ud gur e bancair a bh' annad.

'An seann *Famous Five* còmhla a-rithist!' Sin a thuirt thu.

'The Infamous Five, nach e sin a tha thu a' ciallachadh?' Rinn Liùsaidh an gàire bheag shnog aice.

'Nach bu chòir do shianar dhinn a bhith ann?' – Caomhainn

'Cà bheil Seonaidh Lobhta co-dhiù?' – Debby

'Cuiridh mi fios thuige.' – mise. Bhruidhinn mi a-steach dhan teachdaire air caol mo dhùirn.

'A Sheonaidh. Tha sinn uile an seo. Cà'il thus'?'

Cha robh e na iongnadh do ghin againn gun robh Seonaidh fadalach oir bha e o riamh neo-earbsach. Ach ged a ghearaineamaid mu dheidhinn, 's dòcha gur e siud an dearbh rud a bha tarraingeach mun duine: nach robh e a' cumail ri riaghailtean. B' e spiorad saor a bh' ann, is cha bhiodh fios againn riamh air na rudan gun dùil a dh'èireadh nuair a bhiodh e nar cuideachd. B' esan a' chairt fhiadhaich sa phaca againn. Far an robh an còrr dhinn air gluasad air adhart le ar beathannan bha beatha Sheonaidh fhathast cugallach a rèir a' bheagan fios a gheibheamaid mu dheidhinn is e gun àite-còmhnaidh no obair aige a bha seasmhach.

Chùm mi an teachdaire agam greis togte air mo bheulaibh is mi airson 's gun tugadh sibh an aire don inneal ùr agam. Bha mi air beagan a bharrachd a phàigheadh gus am biodh *faireachraiceann* air. A bheil cuimhne agaibh orra sin: na còmhdaichean a bhiodh a' mùthadh an datha a rèir na triom san robh thu? An latha ud bha dreach soilleir ioma-dhathach air an fhear agam. B' e sìmplidheachd am fasan aig an àm: teachdaire a bha cuimir is fìnealta, an àite an iomadh goireis a bha uair san fhasan. Cha robh air an fhear agam ach sgàilean beag le trì tuill os a chionn: aonan airson a' mhicreofon, aonan airson a' chamara is aonan airson an labhradair. Fon sgàilean bha an dà phutan deatamach: samhla òrdaige a' stobadh an-àird air fear, is am fear eile le òrdag a' stobadh sìos.

Bha mo theachdaire fhathast fam chomhair nuair a chaidh e air chrith.

'Tha mi air do chùlaibh,' thàinig guth troimhe.

Thionndaidh mi is fhuair mi Seonaidh le shròn dà òirleach bhon t-sròin agam fhèin is fàileadh an lòin mu dheireadh aige a' lìonadh mo chuinneanan: burgar le sabhs tiolaidh, an aon rud cha mhòr a dh'itheadh e. Leig e sgreuch às a thug orm leum cha mhòr às mo chraiceann. Cleas na mòr-chuid san àite b' e lèine-t is dìnichean robach a bha air, ach eu-coltach riuthasan b' e sin a bhiodh air fad na h-ùine, a latha is a dh'oidhche, is bha fad 's a b' aithne dhomh e. Mus robh cothrom agam m' achmhasan a thoirt dha bha mi na ghàirdeanan is an anail air a dìtheadh asam. Thog e mi glan far mo chasan mus do leig e às mi.

'Pàrtaidh! Pàrtaidh! Pàrtaidh!' dh'èigh e. 'Cò air a tha sibh a' feitheamh?'

Ghluais sinn a-null dhan sgaoth dhaoine a bha a' dòmhlachadh a-steach dhan teanta-inntrigidh far an robh sinn air ar roinn gu diofar bhuidhnean mar sprèidh aig rùp. Thug sinn an cothrom seann làithean glòrmhor ar n-òigridh a mhealadh fhad 's a dh'fheith sinn air an t-siostam bhith-meatraig a bhith a' dèanamh obair neo-fhaicsinneach gus dearbhadh cò sinn.

* * *

'Nach sinn a bha fortanach gun do rugadh sinn aig an àm cheart?' An tusa a thuirt sin, Liùsaidh? Ginealach a' Phròtacail mar a chante rinn, an fheadhainn a rugadh sna bliadhnaichean a lean air cur a-steach a' Phròtacail. Cha robh ginealach ann a-riamh a bha cho math dheth. Carson a-rèiste a bha teagamh a' cinntinn annam? Cuiridh mi a' choire air mo phàrantan. Bha iad beò fada mus deach am Pròtacal a chur a-steach is iad suas am bliadhnaichean nuair a rugadh mise. Chaidh mo thogail air sgeulachdan mu làithean an òigridh. Àm mì-rianach, aimhreiteach a bh' ann. Ach fhathast lasadh an sùilean nuair a bhruidhinneadh iad mu dheidhinn. Chaidh faireachdainn fhàgail annam gun deach rudeigin a smàladh ann an spiorad mac an duine on a dh'fhalbh na làithean sin. Cha bhiodh fios agaibhse mu na teagamhan agam. Ciamar a bhiodh? Cha tuirt mi smid ribh mun deidhinn. Ach mar as aithne dhomh a-nis bha fios aig tuigse na bu choileanta.

* * *

Las na teachdairean againn mar aon ag innse dhuinn gun robh e ceadaichte dhuinn a-nis a dhol a-steach. Cha robh teachdaire Sheonaidh air cùl a dhùirn.

'Cà'il do theachdaire,' thuirt Debby ris. Rùraich e na

phòcaid-thòine is thug e a-mach làn a dhùirn de threalaich. Bha neapraigean pàipeir ann, pasgaichean suiteis is bior-fhiaclan no dhà. Am measg sin uile bha an teachdaire aige, is an strap aige briste. 'Is còir dhut a bhith nas fhaiceallaiche.' Bha Debby a' tomhadh ris le corrag an dìtidh. 'Ma chailleas tu sin bidh thusa caillte!'

'Duilich, a thidseir.' Dh'aom Seonaidh a cheann.

Bha an solas uaine dìreach air meathadh bho sgàilean an teachdaire agam nuair a thàinig an teachdaireachd troimhe a chuir mòr-iongnadh orm cho math 's a thug e toileachas dhomh ge b' oil leam.

'Gur math thèid leat an-diugh. Is cinnteach gur e latha làn sonais is spòrs a tha gad fheitheamh! Ariàna.'

'S fhìor ainneamh a gheibhte teachdaireachd dhìreach bho Ariàna fhèin. Chan fhaigheadh an duine àbhaisteach ach 's dòcha ceithir no còig na bheatha aig na h-amannan sònraichte mar bhanais no ceumnachadh. Bha na teagamhan agam air an cur gu aon taobh an latha ud is thug seo togail dhomh. Bha e mar chomharra gur e latha sònraichte a bha gu bhith romhainn. Phut mi air an òrdaig an-àirde gus am biodh fios aig Ariàna gun d'fhuair mi am brath bhuaipe, ach cuideachd gus an nochdadh e air cunntas pearsanta mo chàirdean; bha mi cho faoin ri càch 's gun tugadh seo toil-inntinn dhomh. Tha fhios gun robh mi ri bòstadh.

Thug sinn ceum a-mach bhon teanta dhan ghrèin dhallanaich. Cha robh sgòth ri fhaicinn san adhar an latha ud is nam biodh creagan air a bhith ann idir bhiodh iad air an sgoltadh. Air ar beulaibh bha sreath de na h-innealan-droga far am faigheamaid ar cuibhreann son an latha. Chaidh sinn a-null is ghabh sinn inneal an urra. Leig an t-inneal agam às capsail a-steach dhan treidhe fodha mar chreutair meacanaigeach a' breith meanbh-ugh. Taobh a-staigh seo bhiodh am pùdar air a thomhas is air a mheasgachadh a rèir meud mo bhodhaig is m' fheumalachdan. Nochd teachdaireachd air sgàilean an inneil, 'Feuch an òl thu gu leòr air latha teth. Latha math dhut.'

Cha robh mi riamh trom air drogaichean ged a ghabhainn beagan dhiubh nuair a bha mi na b' òige gus mi fhèin a chur an sunnd airson dannsadh is faobhar m' aigne a mhaoladh rud beag. B' fhada bhon a bha mi air drogaichean a ghabhail idir. Bha beagan eagail agam ron bhuaidh a bheireadh iad orm. A bharrachd air seo, le Seonaidh nar cuideachd, cha robh fios dè dh'èireadh dhuinn air an latha. B' fheudar do chuideigin a bhith comasach air smachd a chumail air cùisean agus bho riamh b' ann ormsa a bha an t-uallach seo a' laighe sa bhuidheann againn. Thug mi sùil mu thimcheall orm ach an robh duine a' toirt an aire orm. Dh'fhosgail mi a' chapsail is dhòirt mi beagan dhen phùdar a-mach dhan talamh. Cha rachadh agam air innse dè an uimhir dheth a dh'fhalbh; an leth-chuid dheth, 's dòcha.

Thàinig glaodhraich bho Sheonaidh a bha na sheasamh ri mo thaobh. Nuair a thionndaidh mi ris chunnaic mi gun robh e a' toirt dòrn don inneal aige is e ga mhallachadh. 'Thalla is cac, inneal an donais a tha thu ann!' Charaich mi a-null gu far an robh e is chuir mi mo làmh air a ghualainn. 'Gabh air do shocair!' thuirt mi. 'Dè tha a' cur ort mar sin?'

'Cha toir an t-inneal damaichte seo dhomh mo chuibhreann.'

Bha làn fhios agam gum biodh Seonaidh air tuilleadh 's a chòir a ghabhail mar-thà is gun robh an t-inneal air sin aithneachadh air.

'Na gabh dragh,' rinn mi mo dhìcheall a shocrachadh. 'Bidh spòrs againn, drogaichean ann no às!'

Air dhuinn tionndadh gus falbh thàinig brag beag bhon

inneal aige is nuair a thug sinn sùil air bha capsail na laighe air an treidhe. Air an sgrìon bha na faclan 'Latha math dhut a Sheonaidh!' Thog Seonaidh a' chapsail le plìonas air. Bha Liùsaidh air breith air làimh orm is i a' feuchainn ri mo shlaodadh air falbh. 'Greasaibh oirbh! Greasaibh oirbh!' Thug i spìonadh air mo ghàirdean. Lean mi i le Seonaidh air mo shàil gu far an robh càch a' feitheamh oirnn aig oir an raoin fon fheansa a bha a' cuairteachadh làrach na fèille air fad.

Romham bha Brus a' spaidsearachd suas is sìos air ceann na bruaiche fon fheansa is a' chìr uaine aige a' bogadaich sa ghrèin. Thionndaidh e rinn. 'Tha an t-àm againn ann!' dh'èigh e. Mar bu ghnàth dhuinn ro fhèisean is pàrtaidhean chaidh sinn nar cearcall cruinn. Shìn sinn a-mach ar boisean gu meadhan a' chearcaill agus na capsailean againn air an càradh orra. 'Deiseil? A h-aon! A dhà! A trì!' Ghog Brus a chìr le gach àireamh. Thilg sinn na capsailean mar aon dhar beòil, is sìos ar slugan leotha. Sheas sinn greis nar tàmh gus an tugadh na drogaichean buaidh oirnn. Ged nach do ghabh mi ach earrann dhen stuth agam fhèin bha a bhuaidh fada na bu làidire na bha mi an dùil. Bhuail e annam mar trèana. Dhùisg mi gu grad bho shuain an t-saoghail àbhaistich gu saoghal nas fìora, nas beòtha, far an robh na dathan mìle uiread nas dathaiche, na faireachdainnean uile mìle uiread nas gleusta. Gheibhinn fàileadh an fheòir thais fo mo chasan cho math ri fàileadh gach diofar gnè bìdh a bhathar a' reic aig na stàilean. Chluinninn gach pong a thigeadh bho na còig àrd-ùrlaran. Dh'fhairichinn tìm, 's i a' sruthadh tro mo chorragan gus nach robh grèim agam oirre tuilleadh. Tha na cuimhneachan agam air na lean mar phaca chairtean a chaidh a thilgeil dhan adhar. Nuair a chuireas mi car dhiubh chì mi na h-ìomhaighean ach cha tèid agam air an cur an òrdugh. Tha cuimhne agam gun robh sinn a' dannsadh mar deamhain is sinn nar làn fhallas. Tha cuimhne agam orm fhèin a bhith a' laighe air mo dhruim-dìreach is mi a' coimhead air na sgòthan is iad a' dol nan creutairean neònach a' mireadh tro na speuran; sinne nar suidhe mu bhòrd ann an iurt purpaidh ag òl teatha air blas nan dìtheanan; fear air casan-maide le briogaisean striopach a' coiseachd seachad orm. Bha na striopan a' snàigeadh mar nathraichean. Nuair a choimhead mi suas bha a cheann air ithe leis a' ghrèin.

Tha cuimhne agam gun do bhuail Seonaidh ann an cuideigin ri thaobh is a thòisich an dithis air sabaid. Thuislich iad mu thimcheall air a chèile, na gàirdean aca a' sùisteadh, is iad mar dà mhuileann-gaoithe air an saoradh bho dhaorsa na talmhainn. Theann an dithis an uair sin ri gàireachdainn is thuit iad nan cnap air an talamh. Nuair a dh'èirich iad bha iad an gàirdeanan a chèile is iad ri fearas-chuideachd. Thug an caraid ùr aig Seonaidh a-steach dhan bhuidheann aige fhèin e – còmhlan air an robh an aon choltas mì-rianail 's a bha airsan – is bhon uair sin bha e air chall oirnn. Dh'fhalbh am buidheann sin do bhadeigin eile is cha robh sgeul air Seonaidh tuilleadh. Co-dhiù a thugainn teachdaireachd dha gus nach tugadh cha bhiodh e gu mòran feum le cho trom fo bhuaidh nan drogaichean 's a bha e is an teachdaire aige sa phòcaid aige is e air a mhùchadh ann an leabaidh de neapraigean gànraichte.

Tha cuimhne agam gun d' fhuair mi fhèin teachdaireachd, an teachdaireachd a bha dhomh mar salann am brot latha foirfe; feumaidh gur ann mu dheireadh an fheasgair.

'Meal do naidheachd! Tha thu air fear dhen fheadhainn a chaidh a thaghadh gus coinneachadh ris a' chòmhlan as fheàrr leat: *Fàidhean an t-Sonais!*'

Nochd mapa dhen fhèis air mo sgrìon le saighead a' comharrachadh dhomh an taobh a bu chòir dhomh a dhol gus coinneachadh ris an rionnaig as motha ann an saoghal a' chiùil nua-dub. Lean mi an t-saighead seo gus an d' ràinig mi teanta mhòr aig oisinn an raoin leis an fheansa a' sìneadh bhon dà thaobh dhith mar sgiathan mòra. Bha coltas bunanta, eagarach air an teanta seo an coimeas ris an fheadhainn eile. Coltas teanta an airm. Air an taobh a-muigh bha fireannach ann an lèine-t dhubh le ainm na fèise sgrìobhte air is dìnichean dubha air.

'Meal do naidheachd Bob,' dh'èigh e orm. 'Tha iad a' feitheamh ort.' Tharraing e fosgailte doras na teanta. 'Theirig troimhe!' Chaidh mi a-steach gu far an robh buidheann beag taghta a' cuairteachadh buill a' chòmhlain. Air an cùlaibh bha corra dhuine eile san aon èideadh dhubh ri fear an dorais 's iad trang a' toirt a-steach bhogsaichean is labhradairean. Bha balla dhiubh sin mar-thà taisgte làmh ri cliathach na teanta. Thug mi an aire gun robh làraidh aig an doras-cùil a' feitheamh orra le chùl fosgailte.

Bha eeZee Dub e fhèin fhathast a' caitheamh an aon earraidh dhathaich Afraganaich a bha air 's e a' seinn air an àrd-ùrlar, is na dreadlocks a bha an uair sin a' sgèith ma cheann a-nis nan tàmh air a ghuailnean. Bha triùir dhen chòmhlan aige ri thaobh 's iad nan deiseachan-leum airm a bha mar suaicheantas don chòmhlan.

Nuair a mhothaich eeZee Dub dhomh rinn e snodha-gàire a bha fialaidh is thilg e a ghàirdeanan mu thimcheall orm. 'Math d' fhaicinn,' bheuc e nam chluais mar gun robh sinn nar dlùth charaidean nach fhaca càch a chèile o chionn fhada.

'Bob, tha thu dìreach ann an tìde son na fèineige.' Shìn eeZee an teachdaire aige a-mach gu fad a' ghàirdein is chaidh sinn uile nar crùban còmhla le braoisg air ar n-aodannan. Thug sinn an uair sin seachad beagan ùine a' cabadaich còmhla mar ghur-chearcan faoin. Bha fhios agam gum bu chòir dhomh a bhith a' faighinn tlachd às ach bha na drogaichean gam thoirt gu àite eile a-nis, àite a bha dubhach, dorcha. Gu corporra cha robh mi a' faireachdainn gu math na bu mhotha. Bha plosgartaich nam cheann is teannachadh nam mhionach. Bha coltas ann gun tug an teas buaidh orm: nach robh mi air gu leòr òl. Bha fear na lèine-t dhuibh air nochdadh ri mo thaobh. 'OK a charaidean. Tha an t-àm againn dealachadh.'

Nuair a thionndaidh mi gus falbh cha ghiùlaineadh mo chasan mi. Bha mi gus a dhol an laigse. Rug fear na lèine-t air gàirdean orm is threòraich e mi gu far an robh na bogsaichean taisgte. 'Dèan suidhe gus am fairich thu beagan nas fheàrr', thuirt e, is e gam leigeil sìos air fear de na bogsaichean air cùl labhradair mòr. Feumaidh gun do chaill mi mo mhothachadh an uair sin oir 's e an ath chuimhne a th' agam an oiteag fhionnar air mo ghàirdeanan lom a dhùisg mi. B' e an t-sàmhchair a' chiad rud a bhuail orm a bha air a h-àite dligheach a ghlèidheadh a-rithist air an oisinn seo dhen dùthaich is othail a' chiùil is an t-sluaigh air a dhol na tost. B' e an aon fhuaim a chluinnte a-nis cagar sèimh na gaoithe air cliathach na teanta. Ged a bha cuid mhath de na bogsaichean air falbh bha mi fhathast air mo chuairteachadh le tùr dhiubh a bha ag èirigh gu h-àrd os mo chionn, a' fàgail na h-oisinn agam dhen teanta dorcha, doilleir. Dh'èirich mi gu cugallach nam sheasamh is ghluais mi a-null gu meadhan na teanta. Cha robh e mòran nas soilleire an seo, is thàinig e a-steach orm an uair sin gun robh na h-uairean air falbh leam is gun robh a' ghrian a-nis a' ciaradh.

Cha robh duine an làthair, ach cha robh meadhan

na teanta falamh. Nan laighe air an fheur bha grunn bhogsaichean fada. Eu-coltach ris na bogsaichean meatailt dubha eile a bh' anns an teanta bha an fheadhainn seo air an dèanamh de dh'fhiodh nàdarra grinn. Bha iad fosgailte agus na mullaichean aca nan laighe air an talamh rin taobh. Thug mi corra cheum a-null dhan fheadhainn a b' fhaisge orm. Bha iad sin air an càradh gu sgiobalta ann an sreath ri taobh a chèile; ceithir dhiubh. Bha aonan dhiubh ann a bha beagan nas leathainne na na trì eile. Thug mi sùil a-steach ann. Siud eeZee Dub na shìneadh gu sìtheil le làmhan paisgte thar a bhroillich is a dhualan dreadlock nam frèam grinn ma aodann suilbhir. Ri thaobh bha a thrì fàidhean cuideachd nan sìneadh is na sùilean aca uile fosgailte. Air mullach gach bogsa bha plàc meatailt le ainm air a ghràbhaladh air – eeZee Dub, Fàidh 1, Fàidh 2, Fàidh 3 – is còd QR fodhpa.

Bha fios againn uile gur e àndròidan a bh' anns a' chuid a bu mhotha den luchd-chiùil; ach a bhith gam faicinn mar seo, chuir e clisgeadh orm. B' fheàrr leam a bhith beò ann am fèin-mhealladh na bhith a' cur aghaidh air an fhìrinn mar seo.

B' e clisgeadh na bu mhotha a dh'fheith orm nuair a ghluais mi a-null gu far an robh na bogsaichean eile air an sgaoileadh gun òrdugh aig cùl na teanta san leth-dhorchadas. Bha an fheadhainn seo de dhiofar mheudan. B' aithne dhomh nach e rud càilear a bha a' feitheamh orm ach bha mi air mo thàladh thuca ge b' oil leam. Cho luath 's a bu lèir dhomh na colainnean a bha nam broinn bha fhios agam nach b' e àndròidan a bh' annta sin. Bha am falt aca mì-sgiobalta, peallach, is bha measgachadh de pholl is fhallas air a thiormachadh air craiceann cèireach glas cuid dhiubh. Bha na sùilean acasan uile dùinte. Le cus iongantais orm airson a bhith air mo sgreamhachadh thug mi beagan ùine a' triall eadar na bogsaichean nam bhreislich. Thug rudeigin orm stad 's mi a' dol seachad air fear dhiubh. Bha aodann an fhir a bha na shìneadh ann air a chòmhdachadh le fhalt ach bha rudeigin mu dheidhinn a chrutha a las aiteal aithne an cùl m' inntinn. Thug mi ceum air ais is chrùb mi sìos ri thaobh. Shuath mi am falt gu aon taobh, a' toirt aodann Sheonaidh am follais. Mar dhearbhadh gur esan a bh' ann bha ainm sgrìobhte air mullach a' bhogsa 'Seonaidh Felix Mac an Tàilleir'. Bha coltas sìtheil air nach fhaca mi riamh nuair a bha e beò, is an fhearg is an t-àmhghar a bha air roimhe air traoghadh às.

Nuair a dh'èirich mi thug mi an aire don charaid ùr aig Seonaidh is e na shìneadh ann am bogsa faisg air. Bha a' chiste mu dheireadh dhan tàinig mi falamh. Fiù 's mus faca mi an t-ainm air a' mhullach bha fhios agam dè a bhiodh ann: 'Raibeart Moireastan'; an t-ainm agam fhèin. Chaidh mo cheann na thuaineal. Bha mi gus dìobhairt. Dhùin mi mo dhòrn gu teann an oidhirp grèim a chumail air mothachadh. Tro sgleò m' aimhreite chluinninn gròcail ghuthan a' dlùthadh air an teanta. Mar bheathach glacte bha mo shùilean a' siubhal gu frionasach mun teanta ach am faighinn dòigh teichidh. Chan fhaighinn a-mach às an doras tron tàinig mi a-steach gun a bhith air m' fhaicinn. B' e an aon roghainn a bu lèir dhomh tilleadh gu m' àite air cùl nam bogsaichean, is thug mi orm e cho math 's a b' urrainn dhomh leis na cisteachan san rathad orm is mi cugallach air mo chasan.

Bha mi dìreach air a dhol à fianais air cùl nam bogsaichean nuair a bhrùchd sgioba nan lèintean-t dubha a-steach dhan teanta is a theann iad ri na mullaichean a chuir air na cisteachan. Chluinninn buailean fiodh air fhiodh is drileachan dealain a' stailceadh sìos nan sgriubhaichean. An sùil m' inntinn chithinn solas suail na fionnairidh air a dhubhadh às gu sìorraidh. Cha b' fhada gus an tàinig na faclan air an robh mi an dùil bho fhear dhen sgioba.

'Tha fear an seo a tha falamh!'

'Bu chòir dha a bhith deiseil a-nis,' dh'èigh guth eile.

'Càit an robh e a-rithist?'

'Cùl nam bogsaichean. Thall a siud.'

Bha mo shùilean a' siubhal an leth-dhorchadais a-rithist airson dòigh teichidh. Cha robh ann ach an dà shlighe a-mach. Gu aon taobh bha an doras-inntrigidh le raon na fèise air an taobh a-muigh. Ach cha bhiodh ann an sin ach cèidse mhòr fhosgailte. Dhan taobh eile bha an doras-cùil, ach bha e air a bhacadh le cùl na làraidhe a bha a' feitheamh air na bogsaichean mu dheireadh. Dh'èalaidh mi a-null dhan làraidh is rinn mi dìdearachd thar a cliathaich. Thraogh a' bhloigh mu dheireadh de mhisneachd a bh' annam nuair a thug mi an aire gun robh freacadan air gach taobh dheth. Bha dithis de sgioba an èididh dhuibh a-nis nan seasamh far an robh mi air a bhith mionaid no dhà roimhe is gun ach corra cheum eadarainn. Bha iad gus tionndadh.

Dhùin m' inntinn is ghabh gluasachd thairis orm. Chrùb mi is fhuair mi mi fhèin air mo mhionach dìreach sa chlàbar, is mi a' snàigeadh fon làraidh. Thug e dhomh sìorraidheachd faighinn bho aon cheann dhen làraidh dhan cheann eile. Bha mi air an t-iarann-siubhail deiridh a ruighinn nuair a thàinig èigheachd bho thaobh a-staigh na teanta; rud beag seachad air nuair a ruith a' ghràisg a-mach gu raon na fèise. Fon trèalair a-nise, 's iad a' tilleadh. Rud beag nas fhaide air adhart fon trèalair; èigheachd às ùr bhon teanta. Rud beag nas fhaide air adhart, chluinninn gun robh an sgioba air sgapadh mun teanta ach an robh mi nam laighe an oisinn fhalaichte; plabraich canabhais, gànraich bhogsaichean. Mise aig cùl an einnsein a-nise; an sgioba air fad air cruinneachadh aig cùl na làraidh – 's mi a' toirt sùil air ais chithinn coille bheag nan casan aca. Gu toiseach an einnsein leam; còmhradh a' dol eadar an sgioba is an dà gheàrd. Agus b' ann an uair sin a thug mi an aire do dhoire aig beagan astair bhuam.

Sheas mi is thug mi roid dha h-ionnsaigh.

***

'S gann gun aithnicheadh sibh mi a-nis. 'S gann gun aithnich mi mi fhèin air a' chorra uair a gheibh mi sealladh air sgàthan. Tha cruadal mo thriall a' laighe orm is gainnead a' bhìdh air m' fhàgail seang. Ach creidibh mise nuair a chanas mi gur e an aon duine a thàmhas am broinn na slige anfhainn seo is gu bheil àite dhuibh uile sna smuaintean is na cuimhneachan agam. Ciamar a fhuair mi às beò, chan eil fhios agam. B' e làithean gun crìoch a chuir mi seachad a' snàigeadh tro dhìgeachan is coilltean, a' seachnadh nam bailtean is a' goid bìdh bho bhionaichean is achaidhean. 'S iomadh oidhche a chuir mi seachad ann an uamh is tobhta. Mu dheireadh ràinig mi na garbh-chrìochan, is le bhith a' siubhal mòintich is choilltean thàinig mi gu far a bheil mi a-nis. Taobh a-muigh crìochan a' Phròtacail.

Saor bho a ghrèim 's dòcha ach cha robh mi gu bhith saor bho bhuaidh. An 'Rèiteachadh', nach e a chante ris an iomairt gus soilleireachadh a' Phròtacail a thoirt gu na sgìrean dorcha air an taobh a-muigh. Bha sinn riaraichte leis an smaoin gun robhar a' toirt buannaichean a' phròtacail dha na daoine nach do chuir eòlas orra gu ruige seo. Am bi sibh fiù 's a bruidhinn mu dheidhinn idir san latha a th' ann? Bu bheag am for a thug sinn dha is e air a thoirt a-mach le drònaichean is ròbotan. A-nis 's e a tha fa-near dhomh latha is oidhche is an àireamh bheag dhinn a tha air fhàgail air ar ruagadh bho aon àite dìblidh gu àite eile le bomaichean is urchairean.

Ach an rachainn air ais? Ged a b' urrainn dhomh, cha chreid mi gun rachadh. B' fheàrr leam a bhith nam dhùisg ann an ifrinn na bhith nam shuain ann an nèamh.

Dachaigh

RINN AN TAIGH aig Conall Ceanadach snodha-gàire ris is e air tilleadh bho obair. Nochd fiamh caogaidh anns an uinneig ri thaobh. B' e daonnan fàilte bhlàth a gheibheadh Conall bhon taigh aige. Chaidh an snodha-gàire aig an taigh na chraos is chaidh Conall a-steach troimhe, 's e a' cromadh sìos fon bhile uachdarach. A-staigh anns an trannsa-sgòrnain thàinig dìobardan tuirceas-purpaidh air na ballachan a cho-fhreagair air dathan a lèine. Nochd plìonas air aodann Chonaill. Shìn e làmh dhan bhalla is bhean e ris le bàidh, a' gabhail a-steach a' phlosgaidh fhann na bhroinn. Cha b' e ach saobh-smaoin a thug air Conall DNA craiceann gubarnaich a splaidhsadh a-steach gu DNA an taighe aige nuair a rinn e an deilbheadh air, ach abair gun robh a bhuaidh air toileachas mòr a thoirt dha rè nam bliadhnaichean bhon uair sin.

Ged a bha an àireamh de bhith-thaighean air fàs gu mòr sna beagan bhliadhnaichean a dh'fhalbh, b' e an taigh aig Conall an aon taigh aig an robh an neònachas sin. Gu dearbh b' iomadh neònachas is comas a bha aig taigh Chonaill nach robh aig taighean chàich. Bu bheag an t-iongnadh sin ge-tà, is e na stiùiriche-deilbhidh aig Corporachd na Beatha Foirfe aig an robh monopolaidh sa ghnìomhachas on a thugadh cùmhnant dhaibh le Caidreachas Taigheadais Roinn an Ath-leasachaidh. Bha aon fheart shònraiche ge-tà aig an taigh aig Conall a thug bàrr orra uile, is b' e sin gun robh aigne aige. Bha an comas aig na taighean uile a bhith a' toirt a-steach fios bhon àrainneachd mu thimcheall is a' toirt ghnìomhan gu buil ri linn, a rèir àitheantan ro-òrdaichte: an taigh a theasachadh, mar eisimpleir, le bhith a' luathachadh a mheatabolachd nuair a thuiteadh an teothachd; no sùilean an taighe fhosgladh gus an solas a leigeil a-steach nuair a dhùisgeadh na daoine na bhroinn. Ach bha comas aig fàrdach Chonaill meòrachadh air an fhios a thrusadh i mus teannadh i ri gnìomh a fhreagradh air a breithneachadh fhèin air a' chùis oir, an àite nan cnapan de cheallan-nearbha a bha fighte a-steach gu structar nan taighean eile, bha eanchainn shlàn aig taigh Chonaill. Bha sin an aghaidh reachdan a' bhith-theicneolais, bha làn fhios aig Conall. Nach b' ann aigesan a bu chòir fios a bhith 's e am measg na feadhainn a chruthaich na reachdan sa chiad dol a-mach is a chuir ainm riutha. Ach cha robh ceist shaidheansail ann nach b' fhiach sgrùdadh am beachd Chonaill. Fad iomadh bliadhna chaidh a phiobrachadh le smaointean air na comasan is na leasaichean a dh'fhaodadh a bhith an lùib taigh le tùr, mus do chuir e am beachd an gnìomh.

Dh'fhosgail an duilleag-dorais eadar an trannsa is an seòmar-suidhe. Leig Conall a mhàileid dhan làr is chaidh e troimhe. 'Latha trang aig d' obair?' thuirt an taigh ris. Bha am beul a-nis air gluasad dhan taobh a-staigh is na liopan a' tonnadh ann am feòil mhèith a' bhalla. Lean clach na sùla ri thaobh gach gluasad aig Conall. Bha e air sùil a chruthachadh ann an gach seòmar gus am b' urrainn don taigh a bhith mothachail air dìth sam bith a bhiodh air is gus conaltradh eatarra a dhèanamh nas coileanta.

Ghnog Conall a cheann.

'*Gun obair, gun adhbhar* mar a chuir Dostoevsky an cèill e,' lean an taigh air.

O chionn greis bha an taigh aige air fàs cho trom-chùiseach. Nach e bhiodh math a bhith ri pronn-chainnt an-dràsta agus a-rithist.

'Air neo: *'s e do dhreuchd obrach do ghairm spioradail.* Sin Van Gogh dhut.'

'Van Gogh a thuirt sin ann an dhà-rìreabh? Nach tu a tha làn feallsanachd an-diugh.'

'Uill, dè eile a nì taigh is e a' feitheamh air tilleadh a shealbhadair?'

'Cha chùm mi suas riut a-nochd tha eagal orm; 's e dìreach nach e feallsanachd a tha dhìth orm an-dràsta ach suidhe is mòmaid de dh'fhois.'

Dh'at am balla ri thaobh is thàrmaich sòfa às. Thuit Conall a-steach ann is leig e leis an sgìths sguabadh troimhe. Na thuaineal thionndaidh e ris an tè a bu chòir a bhith na suidhe ri thaobh is a chìtheadh e gu soilleir an sùil inntinn: na mìog-shùilean donn aice ga fhàilteachadh dhachaigh is an toinneamh beag laghach sin na faite-ghàire air an robh e cho measail; i a' ruith a corragan gu mìn tro falt mar bu ghnàth dhi. Son tiotan dh'fhairich e aig fois. Bha grunn bhliadhnaichean air a dhol seachad a-nis on latha ud a bha a chèile Aisling air èirigh bhon dearbh sòfa son an turas mu dheireadh. 'Chan fhuiling mi an còrr.' Na faclan-dealachaidh mallaichte aice nach sguireadh a dhol ma cheann. Chuir e fios a dh'ionnsaigh dlùth is dàimh ach cha d' fhuair e a-mach dìreach dè thachair dhi. 'S cinnteach gun robh iad ga dìon le bhith a' cleith na fìrinn bhuaithe. Sin mar a mhìnich e a' chùis dha fhèin ach cha b' urrainn dha gun a bhith ga bhuaireadh fhèin leis an smuain gun robh rudeigin caran neònach mun ghnothach. Cha b' e càirdeas a bha daonnan rèidh a bha eatarra, ach bha iad air a bhith onarach le càch a chèile. Bhiodh i air brath a chur thuige. Chrath Conall a cheann a' cur na h-ìomhaigh às inntinn.

'Dad a dhìth ort?' Dhùisg guth an taighe aig Conall e bhon bhreislich aige.

'Chan eil. Tha mi dìreach gu bhith gam shìneadh an seo greis gus an till beagan dhen spionnadh agam mus cuir mi m' aghaidh air dinnear.'

Shìn Conall e fhèin a-mach air fad an t-sòfa.

'Tha fhios agam dè tha dhìth ort,' thuirt an taigh. Le sin dh'èirich co-mheasgachadh de dh'fhuaimean tiamhaidh bhon trannsa-sgòrnain a shruth a-steach dhan t-seòmar. Ged nach aithnichte fuaim dheimhinnte fa leth ann, ann an inntinn Chonaill chluinneadh e tonnan socair a' bualadh ri tìr, eunlaith mara a' seirm bho fhad às. Bho thaobh thall na fàire bha còisir de thrompaidean nèamhail ag èirigh. Thilg e a cheann air ais air gàirdean an t-sòfa is dhùr-choimhead e ri cuisleachadh socair mullach an t-seòmair. Chaidh a shuaineadh an sin le luisneadh caoin bhon bhaictear bhio-lùmanach a bha fighte a-steach do na ballaichean. San t-solas fhann bha Conall mothachail do phlosgadh socair an t-seòmair uime. Bha e air tilleadh greiseag dhan bholg mhàtharail.

Cha b' e seòmar mòr no leòmach a bh' ann mar cuid de na seòmraichean a dhealbhadh e do chàch. Sìmplidh is seasgair, sin mar a bha e ga iarraidh, rudeigin a chuireadh na chuimhne an seòrsa taigh coitcheann bhon linn san deach a thogail, ged nach b' ionnan an dà rud gu fiosaigeach, fada bhuaithe, breicean san t-seann taigh is ceallan bitheach san taigh seo. Air na lannan a bha a' stobadh a-mach às a' bhalla bha cruinneachadh beag de dh'oibseactan a ghlèidh Conall bho òigridh air an càradh – seann dèideadh stèisean-fànais le peant sgròbte is pìosan a dhìth, clagainn nathrach a lorg e ann an gàrradh cùl an taighe aige, dealbhan de a phàrantan is a phiuthar bheag a chaochail na deugaire, pìosan dhen t-seann seata saidheans a fhuair e airson ochdamh co-là breith is a bhrosnaich e gus teannadh ri saidheans: dà thiùb-deuchainne, meanbh-mhaicreasgop, botail làn pùdair ioma-dhathach is bileag stiùiridh. B' fheàrr le Conall gun robh cuimhne aige air cò às a thàinig e, is eagal aige mura biodh gun cailleadh e cò e gu tur, is e air siubhal cho fada bhon togail iriosal aige gu far an robh e an-diugh: na dhuine beartach, aon de na daoine as cumhachdaiche gu dearbh sa Chaidreachas. Thug an sealladh tron uinneig fianais dha air a bhuaidh is a' ghrian a' dol fodha air cùl muir de thogalaichean a' sìneadh foidhe chun na fàire. Eadar cumaidhean ceàrnagach nan seann thogalaichean stàilinn is concrait, bha cruthan organach nam bith-thaighean a' sìor bhòrcadh mar bhalgan-buachair air làr coille. Cha b' urrainn dha Conall gun a bhith a' faighinn toil-inntinn bhon t-sealladh is fios aige gun robh gnothach aige, gu ìre bheag no mhòr, ri gach fear de na taighean sin.

Carson a dh'fhalbh i? Bu chòir gur e coileanadh air ceithir bliadhna de shuirghe is de dh'ullachadh a bhiodh anns an imprig aca dhan taigh. Bhiodh rùm aca son cloinne sna seòmraichean shuas mas e sin a bha gu bhith an dàn dhaibh. Cha b' e gun robh iad a' meòrachadh cus air a' ghnothach is iad ro thrang a' mealadh gach latha dìreach mar a thigeadh e dhaibh. On a ghluais iad a-steach dhan taigh bha Conall mothachail gun robh rudeigin às àite, oir an-dràsta is a-rithist bhiodh Aisling a' seargadh a-steach innte fhèin mar gun robh sgàil air tuiteam thairis oirre. Bhiodh làithean ann an uair sin anns nach rachadh facal, cha mhòr, eatarra. 'Dè tha cur ort?' dh'fhaighnicheadh e dhith uair is uair. 'S e druiteadh ghuailnean coma co-dhiù a gheibheadh e mar fhreagairt. Aon uair chaidh e air a tòir bho rùm gu rùm is e air a lèireadh leis an t-suidheachadh san robh e. 'Dè tha ceàrr ort? Nach innis thu dhomh? Gu dè chaidh ceàrr?' Thionndaidh i air mu dheireadh mar bheathach air an robh eagal a beatha, is i glacte an oisinn a' chidsin.

''S e an taigh!' dh'èigh i air. 'Tha rudeigin ann mun taigh a tha gam fhàgail an-fhoiseil. Cha sguir an t-sùil aige a bhith gam leantainn. Tha fhios gur e faoineas a th' ann ach tha olc air choireigin ann.'

Carson a bha na smuaintean sin air Aisling ga bhuaireadh na h-uiread, dìreach nuair a bha e am beachd gun robh e a' faighinn seachad oirre? Bha làn fhios aige carson. Ciont. B' e seo a' chiad oidhche a thigeadh Brìde dhan taigh. Sna ceithir mìosan on a thòisich iad air tìde a chur seachad an cuideachd a chèile bha e air a cumail aig astar. Bha an t-àm aige gluasad air adhart le a bheatha.

'Dè an uair a tha e?' dh'èirich monmhar Chonaill às an t-sòfa.

'Ceithir mionaidean às dèidh a sia,' fhreagair an taigh. 'Carson?'

'Shit.' Shuidh Conall an-àird le clisgeadh. 'Tha agam ri dinnear ullachadh.'

'Na gabh dragh mu sin,' thuirt an taigh. 'Tha mi air biadh òrdachadh a-steach. Thèid agad air gabhail air do shocair.'

Dh'fhairich Conall teine-bheum feirg aithghearr a' dol troimhe. Bha àm ann nach gabhadh e diomb mu nì a dhèanadh an taigh a chum a leas, ach bha e mothachail a-nis air cho tric 's a dh'fhàgadh na rudan beaga a dhèanadh an taigh air a cheann fhèin an-fhoiseil e.

'Feumaidh tu an t-òrdugh a chur dheth.' Thàinig na faclan às na bu ghèire na bha e an dùil. 'Tha miann agam a bhith ri còcaireachd. Tha an stuth agam a-staigh.'

'Glè mhath ma-thà. Ach...'

'Tha cuideigin gu bhith a' tadhal oirnn,' lean Conall air mus robh cothrom aig an taigh cur ri a sheanchas. 'Aoigh agam. Gheall mi dhi gun dèanainn fhèin biadh dhuinn.'

'Chan àbhaist aoighean a bhith agad a-staigh.'

'Uill, 's dòcha gu bheil an t-àm ann sin atharrachadh.' Dh'èirich Conall is rinn e air a' chidsin an ath-dhoras. Bha e letheach slighe tron tollan eadar an dà sheòmar nuair a thàinig guth an taighe às a dhèidh.

'Tha thu air dìochuimhneachadh, nach eil?'

'A bheil? Dè?

'Gur e an-diugh fhèin deicheamh ceann-bliadhna latha mo ghintinn. Nach àbhaist dhuinn a bhith a' comharrachadh an latha sin a thug thu beatha dhomh?'

'Nì sinn sin, ach le tè eile nar cuideachd am-bliadhna.'

'Nach fan thu tamall is an stòraidh aithris aon uair eile mu mar a chuir thu an sìol DNA agam. Mar a sheall thu ris, is e ga roinn is ga ath-roinn.'

Dh'fhalbh Conall a-steach dhan chidsin gun freagairt a thoirt seachad. Bhon a tharraing e an sgian bhon bhloca-sgèine is a theann e ri glasraich ullachadh gus an do nochd Brìde is e ri sgeadachadh na torte aige le bleideagan seòclaid dhubh, cha chualas facal bho Chonall no bhon taigh. A dh'aindeoin a sgìths, is an aghaidh a dhùil, thug a' chòcaireachd toil-inntinn do Chonall is e cho fada bhon a dh'ullaich e biadh dha cuideigin eile no fiù 's dha fhèin is e beò air deas-bhiadh nuair nach robh e ag ithe a-muigh. B' ann le cùram is bàidh nach beag a làimhsich e gach mìr bìdh: glasraich shultmhor ga rùsgadh; feòil mhèath is an fhuil a' sileadh sìos a chorragan; measan reamhar, pronn, abaich a' strìochdadh do fhaobhar; annlan is sabhsan a' splaiseadh is a' stealladh.

Nochd cuspair a rùin san t-seòmar-suidhe mar ìomhaigh às aisling, na sùilean tuirceas aice a' dealradh air Conall fo gruag ruadh air sguabadh gu aon taobh. Chaidh sùil Chonaill a tharraing gu neamhnaid na fàinne-cluaise a' cniadachadh craiceann mìn a muineil le gach gluasad a cinn. Chuir i dhith a còta, a' toirt am fianais an dreasa-sròil ghoirid ghrinn aice, air an aon dath ri a sùilean, a bha a' leantail gu dlùth ri gach lùb is bòrcadh a bodhaig chuimir. B' e foirgheall rùin a bha anns an dreasa sin. Dh'fhairicheadh Conall a bhuille-chuisle a' luathachadh. Sheas e an sin greis mar dheugaire fiamhail mus do chrùb e dha h-ionnsaigh is a thug e pòg aithghearr dhi gun for air ciamar a bu chòir dha e fhèin a ghiùlan 's e cho neo-chleachdte a-nis ri geama na suirghe. Nuair a bhruidhinn e mu dheireadh thall b' ann gu teabadach a thàinig na faclan às.

'Ha..halò Bhrìde. Gabh… seadh. Gabh suidhe!'

Chomharraich e an taobh a bu chòir dhan t-sòfa a bhith. Cha robh sgeul air an t-sòfa.

'A thaigh! Sòfa! Feumaidh sinn suidhe,' spliathartaich e le beagan èiginn na ghuth nach deach aige air cleith.

Gu màirnealach dh'at an sòfa às ùr às a' bhalla is shuidh Brìde a-steach innte. Nuair a choimhead i suas air bha aincheist na sùilean. Cho luath 's a shuidh e fhèin ri taobh b' aithne dha dè a b' adhbhar do mhì-chofhurtachd a chompanaich. Bha cnapan beaga air cinntinn air uachdar an t-sòfa is nas miosa buileach, bha iad a' lùbairnich fo a thòn. Dh'èirich e gu grad. Rug e air làimh air Brìde is spìon e às an t-sòfa i.

'Tugainn,' thuirt e. 'Gabhamaid druideag an ath-dhoras mus ith sinn.' Mus robh cothrom aig a' bhoireannach faclan a chur ris an imcheist na ceann, threòir e a-steach i tron tollan dhan t-seòmar-bìdh. B' e sin an seòmar a bu choltaiche ri seòmraichean nan seann taighean ceart-cheàrnach, gun ach na lùban beaga sna h-oisnean a' sealltainn gur e lag ann am bith bheò a bh' ann is nach e breiceachan is mortair. Am meadhan an rùim bha bòrd tomadach is uime sin ceithir sèithrichean air an cruthachadh à fàs cnàmhach, air cruth àirneis àrsaidh fiodha; gun comas mùthaidh no gluasad. Air na ballachan umpa bha an obair-ealain a chruthaich Conall fhèin – dìreach airson spòrs – le bhith a' snìomh DNA faoighiche a-steach gu DNA a' bhalla a thug air ceallan a' bhalla fàs nan spreadhaidhean dhatha is chumaidhean. Bha aodannan Brìde is Chonaill air am failceadh le luisne fhann, shìor-mhùthach nan dealbh. Os ìosal thug Conall grad-shealladh air an t-sùil sa bhalla-chùil. Dh'fhàg e rud beag an-fhoiseil e nach ann airsan a bha i a' coimhead ach gun robh i dian-ghlacte leis a' bhoireannach air a bheulaibh. Stiùir Conall Brìde a-steach gu aon de na sèithrichean is gheàrr e fhèin gu sgiobalta a-steach dhan chidsin. Fhuair e grèim air glainne a lìon e le uisge is thug e slug aithghearr às. Dh'fheuch e air cunntadh gu deich gu mall, ach nuair a thuislich na faclan a-mach air muin a chèile thug e suas. Gheàrr e seachad air spruilleach nan soitheachan is nam poitean salach is e a' cumail a shùilean far an t-seallaidh mhì-mhisneachail, is thog e botal fìona a-mach às a' bhalg fhionnar aig cùl a' chidsin. Le dà ghlainne crochte eadar corragan na làimhe eile thill e dhan t-seòmar-bìdh.

'Fuirich gus am blais thu air sin.' Dhòirt e am fìon, glainne dha Brìde is glainne dha fhèin. Thilg e a' ghlainne aige fhèin sìos a shlugan na bu luaithe na bu mhiann leis no na bha sìobhalta. B' ann le beagan tàmailt a shiolp e air ais dhan chidsin a dh'iarraidh nan sligean-creachainn le marag dhubh is sailead rocaid. Le glainne fìona eile air muin nan creachann dh'fhairich Conall an stòldachd aige a' tilleadh. Bha e coltach gun robh a chompanach air an aon dòigh, is fiamh a gàire air tilleadh gu na liopan mìn, mealltach aice. Ghabh iad glainne eile an urra leis a' phrìomh chùrsa, is shruth an cabadaich aighearach gu siùbhlach thar na mairtfheola Stroganoff. B' fhada on a dh'òl Conall na h-uiread is theàrn smodaraich bhlàth air eanchainn. Fhuair e gun robh e a' còrdadh ris.

Dh'ath-fhuaimnich faclan Brìde ma cheann mar gun robh iad a' tighinn thuige tro thunail lùbach.

'An... an toil lea... leat m...mi?' Bha na faclan air a bhith a-mach à beul Brìde greis, crochte san adhar leis a' ghàire ghogaidich aice, mus do shìn Conall a làmh thairis air a' bhòrd is a chàraich e air muin làmh Brìde i. 'An toil leam thu? Abair ceist ghòrach. Tha gràdh agam ort.' 'S dòcha gun robh e air a dhol ro fhada ach b' e sin dìreach mar a bha e a' faireachdainn aig a' mhòmaid sin. Nuair a choimhead e na sùilean chaidh aire a tharraing gu dathan an deilbh air a' bhalla air cùl Brìde is coltas ann gun robh iad a' snàmh na fhradharc. Mura robh e air a mhealladh bha ìomhaigh a' tàthachadh ann is gach mìr dhen ìomhaigh a' gluasad gu ruige ceann-uidhe ro-òrdaichte mar gun robh los aige ri choileanadh. Chreanaich an ìomhaigh fa chomhair fad greis mus do sheatlaig i is a dhrùidh e a-steach air Conall dè a bh' innte. Aodann. Aodann boireann. Aodann Aisling a' dùr-choimhead air le sùilean grìosach. Theann na liopan aice ri snìomh an uair sin is a h-aogas ri fiarachadh. Bha i a' glaodhadh rudeigin air ach cha robh fuaim a' tighinn aiste. Leig e às an làmh aig Brìde gu grad is thàinig coltas na h-oillte na shùilean.

'A bheil thu ceart gu leòr?' Chluinnte an iomagain ann an guth Brìde.

Dhùisg a' cheist Conall bhon ghleò aige. Chrath e a cheann. 'Tha. Dìreach gun deach mo cheann na bhreislich tiotan. Feumaidh gur e am fìon as coireach.'

Shìn Brìde a làmh thairis air a' bhòrd is chàraich i air muin làmh Chonaill i.

'Chan fheum cabhag a bhith oirnn.'

'Tha mi taghta a-nis.' Bha Conall fhathast mothachail gun robh an ìomhaigh air cùl Brìde a' snìomh is a' toirt coltas air ceann Brìde gun robh e a' sìor at is a' seargadh, is aodann

Aisling mar riomball mu aodann a chompanaich ùir. Sheall e an dàrna taobh.

‘’S dòcha gum bu chòir dhuinn gabhail air ar socair, a Chonaill. B’ fheàirrde thu tìde gus cnuasachadh beagan mu chùisean, saoilidh mi. ’S còir dhomh falbh.’

‘Fuirich!’ Bhrùchd am facal a-mach mar àithne. Mhaoth Conall a ghuth. ‘Chan eil thu air blasadh air an torte seòclaid agam fhathast, ’s i air a dèanamh le mo làmhan tioma fhèin.’

‘OK ma-thà. Blaiseamaid air annas do làmhan mus tog mi orm.’

Rinn Conall air a’ chidsin mus robh cothrom aig Brìde a h-inntinn atharrachadh. Air a bheulaibh bha sùil a’ chidsin leth-dhùinte is sgàile na sùla a’ laighe gu trom thairte. Ach b’ aithne do Chonall fiù ’s ged nach biodh an taigh ga leantainn le shùil gum biodh na mìltean de mhothaichearan a bha fighte a-steach na chraiceann is na fheòil, mothachail air gach gluasad aige, gach tarraing anail, gach bualadh cridhe. Shiab e a-null mar mheàrlach dhan bhalg fhionnar is shìn e a làmh a-steach ann. Chuairtich am fuachd i mar mhiotag throm. Ghluais e a làmh mu thimcheall gus am beanadh i ris an dà thruinnsear air am biodh na tabhartasan-gaoil mèithe aige. Thog e fear dhiubh, ach nuair a thàinig e am follais à beul a’ bhuilg bu lèir dha gun robh e falamh, ’s gun ach smodal an siud ’s an seo air a’ bhonn mar fhianais air an fhìnealtas a bha a dhìth. Nuair a thog e an dàrna truinnsear bha e an aon rud.

Nan robh e gu bhith a’ faighinn fuasgladh air an staing san robh e dh’fheumadh e smachd a chumail air an fheirg a bha ag èirigh na chom. Bha eanchainn a’ riasladh le leisgeulan a bheireadh e seachad do Bhrìde. Nach robh am mìlsean deiseil; ach bha e air innse dhi gun robh. Gun deach a losgadh is nach do mhothaich e na bu thràithe. Gòrach… Tubaist! Sin e. Leig e às an dà shoitheach, a chaidh nan spealgan air an làr is thug e seachad beagan tìde a' sgioblachadh mus do chuir e aghaidh air an t-seòmar-bìdh is Brìde, le làmhan falamh. Bha am facal 'duilich' dìreach a' tighinn bàrr a theanga is e a' dol a-steach an ath-dhoras nuair a bhuail e air nach robh sgeul air Brìde ann.

Mus robh cothrom aige meòrachadh air a' chùis bhruidhinn an taigh. 'Dh'fhalbh i. Cha robh thu an dùil gum fuiricheadh i, an robh?'

'Dè? Cha do dh'fhàg i fiù 's soraidh agam. Thèid mi na tòir, air eagal 's gun do dh'èirich mì-thuigse air choireigin eadarainn.' Le sin rinn Conall air an t-seòmar-suidhe is an doras a-mach.

'A bheil thu cinnteach gur e deagh bheachd a tha sin?' lean guth an taighe e mar chuileag bhuaireanta. An sin bha an còta aig Brìde, fhathast air a chrochadh air a' bhalla.

'Seall. Dh'fhàg i a còta.'

'A bheil thu cinnteach gun do dh'fhàg?'

'Gu dè tha dol an seo?' Bha an doras-beòil air seargadh air falbh fa chomhair Chonaill gus nach robh ach balla feòla dhanarra fa-near dha. 'Leig às mi!' dh'èigh e.

Thionndaidh e air ais dhan rùm far an robh cnapan is nòidealan a-nis a' snìomhachdainn thar a' bhalla. Theann cuid dhiubh air tàthachadh air a' bhalla-chùil is a-mach às a' cho-chruinneachadh nochd cruth aodainn: aodann Aisling. Bha i fhathast a' sgreadadh ris gu sàmhach ach an turas sa cha b' e fearg ach èiginn a chunnaic e na sùilean. Chlisg e is chuir e car dheth dhan dàrna taobh, a' cur cùl rithe. An sin fhuair e aodann eile a bha mar sgàthan air a' chiad tè is e cuideachd a' sgreadadh air gu balbh. Thug e tiotan mus tàinig e a-steach air Conall gur e aodann Brìde a bha sin. Eadar na dà tè bha bilean an taighe a' toinneamh thar fhiaclan fìorghlan: 'Cha bu chòir dhut m' fhàgail an seo.' Dhrùidh na faclan tromhpa.

'Na h-uairean gun crìoch is mi an seo le mo smuaintean.'

Ruith Conall a-steach dhan chidsin is thog e an sgian a bha fhathast na laighe air a' chlàr-obrach is fiamhan fala na mairtfheola a' deargadh an fhaobhair. Thill e dhan t-seòmar-suidhe is an sgian togte air beulaibh aodainn.

'Leig às mi!' dh'èigh e a-rithist. Le sin shàth e an sgian gu domhain a-steach gu feòil a' bhalla. 'Mura fosgail thu dhomh, fosglaidh mi toll dhomh fhèin.' Na chaoch theann e ri sàbhadh leis an sgian is fuil bhìtheanta an taighe a' bòrcadh mun fhaobhar. B' e a' chiad tuairmse a fhuair e gun robh beul an taighe a' dlùthadh air anail chùbhraidh thais ga shuaineadh is samh torte seòclaid oirre. Thionndaidh e ris is fhuair e gun robh teanga bhiorach an taighe ga chuairteachadh. Tharraing e an sgian aige às a' bhalla is shad e a-steach i gu feòil fhèithear na teanga. Ach bha e ro fhadalach. Le crùbadh clis eadar faclan, tharraing an teanga a-steach e.

Dhùin am beul, is thuit Conall a-steach gu dorchadas buan.

Buidheachas

AN LUCHD-OBRACH AIR fad aig Comhairle nan Leabhraichean airson an stiùiridh tro shlighe lùbach an sgrìobhadair Ghàidhlig, gu sònraichte John Storey airson a chùl-taice tron phròiseact seo agus Alison Lang airson a cuid lèirsinn tro na bliadhnaichean a dh'fhalbh. Michel Byrne airson a chuid dealais is gliocais mar neach-deasachaidh. Gavin MacDougall agus an sgioba aig Luath airson an taice do litreachas na Gàidhlig. Agus mo theaghlach airson an cuid foighidinn.

Luath foillsichearan earranta

le rùn leabhraichean as d'fhiach a leughadh fhoillseachadh

Thog na foillsichearan Luath an t-ainm aca o Raibeart Burns, aig an robh cuilean beag dom b' ainm Luath. Aig banais, thachair gun do thuit Jean Armour tarsainn a' chuilein bhig, agus thug sin adhbhar do Raibeart bruidhinn ris a' bhoireannach a phòs e an ceann ùine. Nach iomadh doras a tha steach do ghaol! Bha Burns fhèin mothachail gum b' e Luath cuideachd an t-ainm a bh' air a' chù aig Cù Chulainn anns na dàin aig Oisean. Chaidh na foillsichearan Luath a stèidheachadh an toiseach ann an 1981 ann an sgìre Bhurns, agus tha iad a nis stèidhichte air a' Mhìle Rìoghail an Dùn Èideann, beagan shlatan shuas on togalach far an do dh'fhuirich Burns a' chiad turas a thàinig e dhan bhaile mhòr.

ILLUSTRATION: IAN KELLAS

Tha Luath a' foillseachadh leabhraichean a tha ùidheil, tarraingeach agus tlachdmhor. Tha na leabhraichean againn anns a' mhòr-chuid dhe na bùitean am Breatainn, na Stàitean Aonaichte, Canada, Astràilia, Sealan Nuadh, agus tron Roinn Eòrpa – 's mura bheil iad aca air na sgeilpichean thèid aca an òrdachadh dhut. Airson leabhraichean fhaighinn dìreach bhuainn fhìn, cuiribh seic, òrdugh-puist, òrdugh-airgid-eadar-nàiseanta neo fiosrachadh cairt-creideis (àireamh, seòladh, ceann-latha) thugainn aig an t-seòladh gu h-ìseal. Feuch gun cuir sibh a' chosgais son postachd is cèiseachd mar a leanas: An Rìoghachd Aonaichte – £1.00 gach seòladh; postachd àbhaisteach a-null thairis – £2.50 gach seòladh; postachd adhair a-null thairis – £3.50 son a' chiad leabhar gu gach seòladh agus £1.00 airson gach leabhar a bharrachd chun an aon t-seòlaidh. Mas e gibht a tha sibh a' toirt seachad bidh sinn glè thoilichte ur cairt neo ur teachdaireachd a chur cuide ris an leabhar an-asgaidh.

Luath foillsichearan earranta
543/2 Barraid a' Chaisteil
Am Mìle Rìoghail
Dùn Èideann EH1 2ND
Alba
Fòn: +44 (0)131 225 4326 (24 uair)
Post-dealain: sales@luath.co.uk
Làrach-lìn: www.luath.co.uk